tredition®
www.tredition.de

AF375543

Bernd Schneid, geboren 1978, studierte Neuere deutsche Literatur, Theaterwissenschaft und Amerikanische Literaturgeschichte in München. 2012 promovierte er dort. Verschiedene Veröffentlichungen.
Publikationen: *Die 3 Söhne. Roman* (Hamburg 2014). *Die Sopranos, Lost und die Rückkehr des Epos. Erzähltheoretische Konzepte zu Epizität und Psychobiographie* (Würzburg 2012). *Shakespeares Schriftraum. Zur textuellen Inszenierungsstrategie des Dramas ‚Julius Caesar'.* (Hamburg 2010).

Bernd Schneid

Die Burmeister Frakturen

Roman

© 2015 Bernd Schneid

Umschlag, Illustration:
„Gallery of national history, Brooklyn Institute of Arts and Sciences [Brooklyn Museum]"
Library of Congress, Prints & Photographs Division, Detroit Publishing Company Collection, [reproduction number, LC-DIG-det-4a23760]
S. 5, Zitat:
Jacques Derrida. *Das andere Kap. Die vertagte Demokratie. Zwei Essays zu Europa.* Frankfurt am Main: Suhrkamp 1992. S. 16.

Verlag: tredition GmbH, Hamburg

ISBN
Hardcover: ISBN 978-3-7323-4527-4
Paperback: ISBN 978-3-7323-6700-9
e-Book: ISBN 978-3-7323-4528-1

Printed in Germany

Das Werk, einschließlich seiner Teile, ist urheberrechtlich geschützt. Jede Verwertung ist ohne Zustimmung des Verlages und des Autors unzulässig. Dies gilt insbesondere für die elektronische oder sonstige Vervielfältigung, Übersetzung, Verbreitung und öffentliche Zugänglichmachung.

„Die Richtung ändern: das kann bedeuten, daß man
das Ziel ändert und für ein anderes Kap sich
entscheidet oder daß man den Kapitän auswechselt,
daß man einen anderen Kapitän wählt und – weshalb
eigentlich nicht – einen Kapitän anderen Alters und
anderen Geschlechts;"

Jacques Derrida

Die Waggons rollten schwer über das eiserne Schienensystem, unterhalb der jahrhundertealte Steinbruch, zersetzt von tausenderlei Gängen und Tunneln. Die Oberleitungen umspannten das ganze Land wie ein Fischernetz. Der Himmel war fahl, die Luftfeuchtigkeit hoch, doch es regnete nicht. Keine Wolke war am Himmel zu sehen. Nur eine trübe Glocke aus Düsternis. Kein direkt schöner Augusttag des Jahres 2012 also.

Mara Niemitz saß im Abteil und beobachtete die Landschaft. Sie war ebenfalls grau, nahezu schwarz und schien sich selbst zu absorbieren. Die Wälder waren ausgedünnt, Straßen verschlissen und aufgerissen, einzelne Häuser standen wie Ruinen auf den brachliegenden Feldern. Maras Augen wanderten unstet umher, als würde sie die Landschaft lesen wie ein Buch. Ihre Pupillen waren klein, ihre Augenbrauen nah zusammengekniffen, ihr Gesicht gezeichnet von einer Trauer, die gleichzeitig eine Versteinerung zu beinhalten schien. Das Rollen des Zuges auf den Gleisen war laut und monoton, es wiederholte sich wieder und wieder, als würde es nie enden, wäre eine unendliche Bewegung.

Neben Mara stand eine Aktentasche in der sich ihre Unterlagen befanden. Mara ließ die Verschlüsse aufklappen, legte den Koffer auf ihre Knie und öffnete. Fein säuberlich lagen zwei Stapel Papier darin. Mara nahm ihre Finger, blätterte ein wenig auf dem rechten Stapel, zog ein Journal heraus und legte es neben sich. Sie schloss den Koffer und begann zu lesen. Nach einer kurzen Weile legte sie das Journal auf den Koffer, lehnte sich zurück und atmete tief aus. Sie stand auf, sah im Abteil umher, lief ein wenig herum und spähte durch die gläsernen Zwischentüren in das hintanliegende Abteil. Niemand schien da zu sein.

Auch der Zug war durchzogen von einer Dunkelheit, welche die Luft zu verschlingen drohte und fast gespenstisch war. Mara streckte sich und setzte sich wieder. Aus ihrer Jacke zog sie einen Streifen Kaugummi heraus und steckte ihn sich in den Mund. Die Lautsprecher begannen zu knarzen, ein schrilles Pfeifen und Dröhnen ging durch das Abteil. Mara konzentrierte sich. Doch es kam nichts weiter. Keine verständliche Stimme drang zu ihr. Es war nur das metallische Flackern und das Eigengeräusch des Zuges, der weiter über die Gleise fuhr.

Wieder sah Mara nach draußen, während der Lautsprecher nach einiger Zeit verstummte. Die Landschaft blieb sich gleich. Es dämmerte, auch wenn keine Sonne zu sehen war. Mehr und mehr wurden Gebäude sichtbar, die schon gar nicht mehr ganz da waren, ausgestorbene Hallen, Ruinen mit Fuhrparks, Stahlkonstruktionen und Trümmern. Mara strich sich über ihr Philtrum. Es war weich und mit einem leichten Flaum überzogen, der kaum sichtbar, sondern vor allem spürbar war. Plötzlich ging die Abteiltür auf und ein Schaffner erschien.

„Nächster Halt,“ sagte er laut.

Mara nickte und hatte ihren Finger schnell weggezogen, als fühlte sie sich ertappt. Der Schaffner aber nickte ebenfalls nur kurz und verschwand wieder weiter in die dunklen Gänge.

Der Waggon bremste langsam ab, das Zeichen des Zuges wurde hörbar und Mara packte ihren Koffer wieder fein säuberlich zusammen, zog ihren Mantel an und machte sich bereit. Sie ging durch die gläserne Abteiltür und wartete vor dem Ausgang. Unter ihr rauschte Gestrüpp vorbei, die Dämmerung tauchte alles in ein seltsames Zwielicht. Die Bahnhofsschilder der Stadt wurden sichtbar, dann die Bahnsteige und schließlich hielt der Zug an.

Mara betätigte den Kipphebel, der schwer nach unten ging und die Tür schließlich mit einem Ruck nach vorne klappen ließ. Sie stieg aus. Auf dem Bahnsteig stehend sah sie gen Himmel, den Griff der Aktentasche fest in ihrer rechten Hand. Der Mantel lastete schwer auf ihren Schultern. Hinter ihr fuhr der Zug ohne eine lange Pause weiter. Bald stand Mara allein am Bahnhof. Kein Mensch zu sehen. Kein Lebender ging vorbei.

Die quadratisch gemusterten und sich in einem unendlichen Fluchtpunkt verlierenden Häuserblöcke rahmten das kleine und alte Bahnhofshäuschen wie eine übermächtige Drohung der Architektur ein. Mara ging los. Die Straßen waren leer, es waren kaum Läden zu sehen. Ein paar herabgerissene Plakate, deren einstigen Inhalt man nicht mehr erkennen konnte, hingen lose und zerfetzt an den Wänden. Auch hier war der Asphalt aufgebrochen. Große Gruben klafften aus den Gehsteigen, die man kaum noch so nennen konnte. Mara bog schnell links ab, in eine kleinere Seitenstraße. Sie lehnte sich an die Wand und ließ den Kopf nach unten sinken. Die Mauer hinter ihr schien sie zu absorbieren, aufzufressen. Der Wind blies leise durch die Betonkanäle, die wie ein Schachspiel angelegt waren, zweckmäßig und funktionabel.

Einige Minuten stand Mara da und verharrte fast leblos. Müde raffte sie sich wieder auf und ging weiter die kleine Seitenstraße entlang. Bald bog sie rechts in eine noch schmalere Gasse hoch und lief eine Weile schnell weiter. Nach mehreren Minuten blieb sie wieder stehen, stützte sich an einer Häuserwand ab und versuchte erneut zu Atem zu kommen. Den Kaugummi spuckte sie aus.

Aus einer Seitengasse kam eine Gruppe alter Frauen. Sie liefen schwer gebeugt und hatten grobfasrige Jutetaschen in den Händen, die fast auf dem Boden schleiften. Sie hatten Kopftücher umgebunden. Ihre Gesichter konnte man kaum sehen. Leise sangen sie etwas vor sich her, das wie ein Chor klang, eine Melodie aus einem alten Volkslied, das Mara kannte, doch das ihr nicht einfallen wollte. Sie wusste es nicht mehr.

Mara schaute angestrengt zu der Frauengruppe. Sie kniff die Augen scharf zusammen und versuchte etwas zu erkennen. Doch von den Frauen ging keine Gefahr aus. Sie gingen langsam und schwer beladen weiter ihres Weges. Sie nahmen die Frau mit der Aktentasche gar nicht wahr. Unaufhörlich sangen sie ihren Wechselgesang. Ginster. Moor. Mara folgte ihnen vorsichtig. Sie versuchte leise aufzutreten, doch die zerbrochene Gasse hallte mit ihren Kieseln und Teerverstrickungen freudlos in die Häuserschluchten.

Nun schien die Frauengruppe schneller zu werden. Auch Mara begann etwas schneller zu gehen, wollte fast laufen, doch ihr Schnürsenkel löste sich, vielmehr war er schon eine Weile gelöst und ihr anderer Fuß trat auf den losen Schnürsenkel, was dazu führte, dass Mara der Länge nach zu Boden fiel. Die Frauengruppe, als ob ihnen die Batterien ausgegangen wären, blieb starr stehen. Dann drehten sie sich fast gleichzeitig um. Erschreckte und ausgezehrte Gesichter blickten Mara an, die verwirrt nach oben sah. Die Frauen wandten sich aber schnell wieder ab und gingen rechts weiter. Ihr Gesang war verstummt.

Mara stand auf, klopfte sich den Dreck vom Mantel, nahm ihren Aktenkoffer, der zum Glück nicht aufgegangen war und folgte den Frauen wieder. Sie waren nun auf der großen Straße, von der Mara zuvor abgegangen war, wo mittlerweile ein paar Läden und Passanten zu sehen waren. Die Frauen fühlten sich hier in Sicherheit. Das konnte man merken. Mara war überrascht und ging ihren Weg ebenfalls auf einem der Gehwege der großen Straße entlang weiter.

Bei einer Kreuzung fuhr ein Laster vorüber und die Stadt begann zu leben. Nun erinnerte sich Mara, wie es hier einst gewesen war. Die Stadt schien heute eine recht normale Industriestadt zu sein. Heruntergekommene Läden, Kioske,

Waschsalons, Kegelbahnen, Kaufläden und Auslagen mit Lebensmitteln wurden nun sichtbar. Mara nahm alles wahr, die Häuser staken hoch und grau gen dunklen Himmel. Die Laternen gingen an und ein leichter Nieselregen fiel herab, hüllte die Stadt in einen feuchten Schleier. Der Nebel fiel an den Betonblöcken hinab in die Abwasserkanäle.

Mara zog ihren Mantel bis zum Hals zu, schlug den Kragen hoch und ging weiter. Wieder blieb sie stehen, sah unsicher in eine der Seitenstraßen, als wollte sie erneut fliehen, einen Umweg machen, doch sie ging mutig weiter geradeaus. Die Passanten wurden mehr, Mara wurde stellenweise unsanft angerempelt, doch keiner schien wirklich auf sie zu achten. Die Stadt machte allen Anschein so zu sein, wie sie allezeit gewesen war. Die Zeit stand still. Mara blieb ebenfalls stehen. Der Verkehr rollte an den kaputten Straßen langsam entlang. Es gab noch immer kein Entkommen.

Abgase lungerten in der unteren Atmosphäre wie Geier und stiegen den Passanten bis in die Schuhe hinein, wo sie es wärmer hatten. Mara hustete. Wieder blieb sie stehen, lehnte sich an eine Wand, beobachtete den treibenden Strom der Passanten und der Fahrzeuge. Über der Straße nahm sie ein altes Café wahr, das sich zwischen einem Eisenwarenladen und einer Tankstelle befand, etwas der Zeit entrückt. Schwitzend und vom Nieselregen überzogen suchte Mara die nächste Ampel, die ein wenig weiter hinter ihr lag und wechselte die Straßenseite. Ein Hund schnupperte an ihrem Bein, ließ nach kurzer Zeit aber wieder von ihr ab.

Mara ging immer schwereren Schrittes weiter, bis sie schließlich vor dem Café zu stehen kam. Sie drückte die alte Klinke und öffnete die Tür. Aus dem Innenraum drang eine wohlige Wärme heraus, die sie sofort hineinzog. Drinnen aber herrschte ein Vakuum aus Stille. Zwei alte Männer saßen an einem kleinen Tisch und spielten Schach. Nicht einmal das Filz der Figuren war zu hören. Eine Frau mittleren Alters döste gesenkten Hauptes vor einer Tasse Kaffee. Ein jüngerer Mann saß vor einem Spielautomaten, der zwar in allen Farben des Spektrums und darüber hinaus blitzte und glitzerte, doch keinen Ton von sich gab. Hinter der Theke las ein dicker Wirt die Zeitung, ebenfalls geräuschfrei.

Mara bemerkte niemand. Auch sie war ohne einen Ton. Sie setzte sich an einen Tisch, von dem aus sie auf die Straße sehen konnte und wagte kaum zu Atmen. Ihren Aktenkoffer hatte sie auf den gegenüberliegenden Stuhl gelegt. Nun wartete sie. Nach längerer Zeit stand sie auf und ging an die Bar. Der dicke Wirt sah kurz zu ihr auf und las weiter in der Zeitung.

„Haben sie mir bitte eine Tasse Kaffee?" fragte Mara.

„Kommt sofort," murmelte der Wirt und schlug laut knirschend die Seite seiner Zeitung um, die sich verhedderte und störrisch war, wieder und wieder vom Wirt zurechtgezurrt werden musste, während der Spielautomat eine repetitive Gewinnermelodie abspulte, die dösende Frau mit dem Löffel in der Kaffeetasse klapperte und die Schachspieler sich lauthals beschimpften.

Mara wartete noch eine Weile an der Theke, während der Wirt wieder still versunken in seiner Zeitung las und auch die Anderen wieder in ihrer Ruhe eingependelt waren. Dann setzte sich Mara wieder. Nach einiger Zeit stand der Wirt auf, stellte eine Tasse auf den Tresen und schüttete aus einer schwarzen Thermoskanne Kaffee hinein. Langsam ging er um die Theke herum, auf den Tisch mit Mara zu und stellte ihr die Tasse Kaffee hin. Ohne noch weiter etwas zu fragen ging er wieder zurück und las erneut in der Zeitung hinter der Theke.

Mara beobachtete lange ihren Aktenkoffer und nahm schließlich einen Schluck des Kaffees, der noch lauwarm war. Sie sah aus dem Fenster nach draußen und verfolgte den Verkehr, die Menschen, die am Fenster vorbeizogen, wie Enten an einem Schießstand, meist Männer im Erwachsenenalter und ältere Frauen, gehetzt und wichtig. Mara zog aus der Hosentasche ein Stück Papier und betrachtete es lange. Dann steckte sie es wieder in ihre Tasche zurück, legte ein paar Münzen auf den Tisch und ging. Niemand würdigte sie eines Blickes. Die Münzen auf dem Tisch lagen einfach da. Niemand bemühte sich, sie schnell abzuholen. Sie konnten nicht sonderlich viel wert sein.

Als Mara aus der Tür wieder auf den Gehsteig hinaustrat, sprang ihr aus der absoluten Stille kommend im dahingehend tosenden Lärmorkan des Draußen ein Mann entgegen, der sie fast umwarf. Doch die beiden Körper fielen nicht hin. Wütend hatte der Mann sich in Mara festgekrallt, packte sie schließlich am Mantelkragen und drückte sie fest gegen die Wand. Sein Gesicht war wütend, vernarbt und aufgedunsen.

„Pass doch auf…" schrie er.

„Entschuldigen sie," stammelte Mara, „ich habe nicht darauf geachtet…"

„Das habe ich schon gesehen," schrie der Mann weiter und Speichel prasselte aus seinem Mund in alle Richtungen, „sie sind wohl nicht von hier, was? Sie müssen mehr auf die anderen achten. Wir achten hier aufeinander! Es ist hier nicht so wie woanders. Hier achtet man aufeinander. Das ist wohl selbstverständlich."

„Entschuldigen sie," sagte Mara, die sich mit dem Gesicht weggedreht hatte, „ich werde in Zukunft darauf achten."

„Das will ich wohl meinen, ja. Achten sie darauf," sagte der Mann und ließ vom Mantelkragen Maras ab, „was suchen sie hier?"

Mara stand kurz da, steckte ihre Hand in die Tasche und zog den Zettel heraus. Sie reichte ihn dem Mann und dieser begann, nachdem er sich die Adresse kritisch und übergenau angesehen hatte, lauthals zu lachen.

„Sie wollen zur Kommandantin," sagte der Mann ausgelassen, „na, dann viel Freude. Zu der will schon lange niemand mehr. Immer der Nase nach. Sie können das Haus gar nicht verfehlen. Es ist das bekannteste Gebäude hier. Jeder kennt es. Die Kommandantin. Alte Geschichten. Lass es sein. Viel zu lange her."

„Ich weiß," sagte Mara.

Misstrauisch sah sie der Mann nun an. Er stand eine Weile da und versuchte etwas zu sagen, aber über seine Lippen kam kein Wort. Kurz nickte er Mara zu und ging weiter, wieder schnelleren Schrittes, bis ihn Mara schließlich nicht mehr unter den anderen Passanten erkennen konnte.

Wieder konnte Mara kaum atmen, nahm den Aktenkoffer, der auf den Boden gefallen war und schob ihren Mantel zurecht. Im Strom der Passanten, die sich um den kleinen Vorfall gar nicht gekümmert hatten, sondern weiter in ihrem Fluss dahinschwammen, ging sie weiter, geradeaus, hin zu ihr. Diesen Gang hatte sie zu vermeiden versucht. Doch es führte kein Weg vorbei. Es gab kein anderes Leben, ohne diese Station. Keine Freiheit war möglich. Erst über das Schafott konnte Mara zu ihren wirklichen Erinnerungen zurückkehren. Wenn es das überhaupt gab. Doch zuerst musste sie über diese Schwelle. Die Kommandantin.

Nach einigen Metern ging Mara in einen Laden, fragte nach dem Telefonapparat, legte ein paar Münzen auf den Tresen und wählte die wohlbekannte Nummer. Wenige Momente später hörte sie ihre Stimme. Sie ging noch immer selbst an das Telefon, das für sie schon früher der Vorbote der neuen Zeit gewesen war, viel zu wertvoll, um von einem Bediensteten bedient zu werden.

„Ich bin es. Mara Niemitz. Mara. Sie erinnern sich an mich?"

Einige Momente stand Mara steif da und hörte auf die Stimme. Ihr Blick war leer und ohne Wunsch. Sie hörte auf das, was ihr gesagt wurde. Angestrengt und aufmerksam. Trotzdem schien sie erleichtert zu sein und lächelte beinahe ein wenig. So war es eben mit Erinnerungen. Nicht nur mit den guten.

„Ja," sagte Mara mit einer gewissen Ergebenheit, „dann sehen wir uns nachher."

Mara legte auf, nahm ihren Aktenkoffer, legte wieder ein paar Münzen auf den Tresen, die ebenfalls liegenblieben und ging auf die Straße weiter gen Norden. Zu ihrer Linken, zu ihrer Rechten, überall waren kleine Gassen, Wege, Straßen und innere Kartographien, die in ihrem Hirn die tiefe Verästelung ihrer Vergangenheit aufbewahrten. Wie gerne wäre sie dorthin gegangen, wo sie ihre Erinnerung hinführen wollte, hätte Freunde und Bekannte aufgesucht, an die sie sich erinnerte, zu erinnern meinte, wenn es sie noch gegeben hätte, von denen sie sich gewünscht hätte, dass sie noch da wären, auch wenn sie längst nicht mehr da waren. Von einigen wusste sie, oder hoffte, dass sie noch da waren. Sie war eine, die lange Zeit nicht mehr da war. War es ihre Schuld?

Ihr Schritt wurde stetig. Den Aktenkoffer hatte sie fest in den Händen. Das Telefongespräch, vor dem sie so viel Angst hatte, war überstanden. Sie durfte zu ihr kommen. Sie musste zu ihr. Das Gefängnis hatte sie wieder. Es war das Gefängnis in ihr und um sie, das, was nicht rückgängig gemacht werden konnte, das, was geschehen war. Mara war eine erwachsene Frau. Das stand fest. Aber die Stadt war von einer Kälte durchzogen, die sie erst jetzt richtig spürte. Der Nieselregen schien ihr wie eine Wand aus Eis, die den

Nebel in ihren Waben gefangen hielt, wie Zigarettenrauch in einer Seifenblase.

Das Haus der Kommandantin, wie sie inoffiziell genannt wurde, kam näher. Am Hauptplatz wurde es sichtbar, als der graue Palast aus Beton, der seltsam schmal und niedrig zwischen den Hochhäusern lag, aber doch seltsam majestätisch dastand. So lag dieser Ort vor ihr, den sie einst so gut kannte und der nun so nah war und wieder gleichsam bekannt, fast vertraut, vielmehr auf sie zukam, als dass sie auf ihn zuging.

Vieles hatte sich verändert. In Maras Blick brach etwas auf, von dem sie nicht mehr dachte, dass sie sich daran erinnern würde. Ihre Vergangenheit wurde greifbar. Ihre Gegenwart schien vergessen. Sie ging zu ihr. Es wurde wirklich.

*

Mara stand vor der großen Eingangstür und hatte geklingelt. Sie hörte lange nichts, grauer Beton fraß sie auf, auch wenn sie etwas entspannter dastand. Nach einigen Minuten hörte sie Geräusche, das Öffnen eines Schlosses und schließlich ging die Tür weit auf. Ein Dienstmädchen in schwarzweißer Tracht stand vor ihr und sah sie ausdruckslos an.

„Ich habe einen Termin mit der…" sagte Mara und hielt sofort inne, konnte sich gerade noch verkneifen, das böse Wort zu sagen, „ich habe einen Termin."

„Treten sie ein," sagte das Dienstmädchen, „sie werden erwartet."

Mara trat ein, ihren Aktenkoffer hielt sie fest umklammert, ihre Fingernägel drückte sie in ihre Handflächen, die etwas zu bluten begannen. Das Dienstmädchen schloss die Tür hinter ihr und verriegelte sie umständlich.

In der großen Durchgangshalle überkamen Mara Erinnerungen an früher. Nun war sie wieder da. Als wäre es nie geschehen, als wäre sie nie fortgewesen. Die hohe Decke erinnerte sie noch immer an eine Schrottpresse, wie sie auf sie herabdrückte, wie sie es seit jeher kannte und empfand. Obwohl sich Mara hier frei bewegen konnte, fühlte sie sich hier nie wohl. Die kahlen Wände waren noch immer wie früher, kein Bild schmückte das Interieur. Der Marmorboden wurde nur von einer schwarzen Gummimatte gesäumt, die sich den Flur entlangrollte und zum Aufzug führte.

„Kommen sie mit," sagte das Dienstmädchen und musterte Mara kritisch.

Mit etwas hochgezogener Nase stolzierte sie voran, die Bändel an den weißen Schleifchen, welche die Schürze hinter ihrem Rücken verband, wackelten leicht hin und her. Diese Frau geizte nicht mit ihren Reizen, sie war sich der Perfektion ihres Körpers bewusst. Die Pfennigabsätze ihrer Stöckelschuhe klackerten wie das militärische Rhythmisieren einer Blechtrommel.

Mara folgte ihr, etwas zitternd und doch furchtlos. Die Anstrengungen, die ihr all das verursachte, zeichneten sich tief in ihre Stirn. Eine Überwindung, die schwer zu verstehen war, auch wenn sie vielleicht hätte leicht verstanden werden können, für einen Außenstehenden, dem man sagte, was hier einst geschehen war, vor der Gefangenschaft, der Internierung und der Sklaverei.

Mara war frei, vielleicht, ja, das war allgemeines Recht. Doch innerlich hatte sie sich noch immer nicht daran gewöhnt. Die Jahre der Gefangenschaft, ihre Kindheit, die sie nicht anders kannte, als in dieser Umgebung, hatten fast etwas normales. Denn sie kannte es ja tatsächlich nicht anders. Sie konnte nur in der Fantasievorstellung eines besseren Lebens verweilen, das ihr vielleicht noch ihr Großvater hatte vermitteln können, im Ansatz, das aber für sie damals so klang, als wäre es selbst die Beschreibung eines Märchens, das gar nicht existierte, jenseits der Mauern, die für sie die Normalität waren. Ja, die Fantasie war ihre Brücke ins Überleben, die sich am Ende als brüchig herausgestellt hatte und eben nicht real war.

„Nun kommen sie schon," ermahnte das Dienstmädchen Mara etwas ungehalten, während sie aufrecht und gebieterisch dastand und einen Respekt ausströmte, der jeden einschüchtern musste.

Mara schrak auf. Sie hatte nicht gemerkt, wie sie gedankenversunken in der Mitte des Flures stehen geblieben war und den dunklen Fleck im grauen Beton der Wand beobachtete, den sie so oft beobachtet hatte, früher, als sie noch hier gefangen war, den Fleck, der aussah wie ein Bärenkopf, horizontal betrachtet, der sein Aussehen vertikal aber änderte, wenn man seinen Kopf kippte, ganz weit hinab, bis man fast auf dem Kopf stand und der Fleck zu einem Geier wurde. Jedenfalls in Maras Vorstellung. Einmal hatte sie dies ihrem Vater gesagt, der ihr aber nur entgegnete, dass sie sich nicht mit solchen Dingen abgeben solle, wenn sie überleben wolle und ihren Kopf besser aufrecht trage.

Mara schloss schnell zum Dienstmädchen auf, das schon längst wieder vorwärts gegangen war und wenige Meter vor dem Aufzug stand. Als Mara aufgeholt hatte, drückte das Dienstmädchen den Knopf und die beiden warteten.

Der Aufzug stieg langsam und erschöpfend nach oben, machte aus den fünf Stockwerken eine Strecke, die Mara kaum ertragen konnte. An ihren Schläfen standen Schweißtropfen, die sie gar nicht so schnell abwischen konnte, mit ihrem Taschentuch, auf das rosa Blumen gestickt waren, das sie von ihrer Großmutter geschenkt bekommen hatte, damals, und das sie immer noch mit sich herumtrug, wie einen

Schatz, etwas Einzigartiges, wo doch alles verloren war, in der Masse. Ein Artefakt. Mara hustete aus Verlegenheit und drehte sich zum Dienstmädchen um, das sie keines Blickes würdigte.

„Wie… wie lange arbeiten sie schon hier,“ fragte Mara und prustete gleich danach verlegen, „ich meine, sind sie schon lange hier?“

„Ja, Madame,“ sagte das Dienstmädchen knapp.

Sie rührte sich nicht. Mara sah verlegen auf ihre Schuhe, die schon abgenutzt waren, die sie aber so gerne trug, weil sie sich nicht von ihnen trennen konnte. Ihre Augen begannen feucht zu werden. Die Pupillen verkleinerten sich. Sie wollte weg. Sie wusste nicht, warum sie hierhergekommen war, warum sie den Auftrag angenommen hatte. Natürlich hatte es mit ihrer Vergangenheit hier zu tun, mit ihrer verlorenen Kindheit, sicher. Aber sie hätte sich auch heraushalten können.

Doch an Flucht war jetzt nicht mehr zu denken, sie würde die Kommandantin in wenigen Augenblicken sehen, ihr Gesicht, ihre Stimme wieder hören, ihren scharfen Geruch bemerken und ihren allesvernichtenden Blick, dem sie nicht widerstehen konnte, wieder begegnen. Und irgendwo fühlte sie absurderweise eine Freude in sich, dass die Kommandantin sie empfangen wollte. Sie war froh, dass sie den direkten Weg hierher genommen hatte, zu ihr gehen durfte und nicht sofort ins Hotel. Sie war glücklich über ihr Engagement für sich selbst, dass sie den Anruf nicht aufgeschoben hatte, sondern sich der Gefahr, die jetzt ja nur in ihr fühlbar war, gestellt hatte. Das machte sie stolz und auch die Tatsache, dass die Kommandantin sie nicht abgelehnt hatte, sondern sie sofort empfangen wollte, nahm ihr eine schwere Last von den Schultern, die man fast sehen konnte, auch wenn sie noch immer hochgezogen waren, angespannt, fast an ihren Ohren hingen, jedenfalls gefühlt, auch wenn sie es nicht fühlte, sie, die nicht fühlen durfte, auch wenn sie es jetzt durfte.

Der Aufzug holperte. Es war das Zeichen, dass er ganz oben angekommen war. Das Dienstmädchen zog einen Schlüssel an einer schmalen Kette aus einer ihrer vorderen Taschen, die unter der Schürze waren, steckte ihn an die Kontrollkonsole und drehte ihn herum. Die Aufzugtüren öffneten sich, beidseitig, und gaben den Blick frei durch die riesigen Fenster auf das tiefe Tal hinter der Stadt, in dem die Baracken lagen, umzäunt vom Bergkessel bis hin zur steilen Bergwand, auf deren Plateau sich die sattgrünen Wälder erhoben, bis hin zum Horizont.

Das Dienstmädchen zog den Schlüssel ab, verstaute ihn wieder in ihrem Täschchen und schritt aus dem Aufzug, drehte sich zu Mara und forderte sie mit dem Blick und der linken Hand auf, ebenfalls herauszutreten, aus dem kalten Neonlicht des Aufzugs, hinein in die grelle Flut des Glaszylinders, wie er früher so oft genannt wurde, aus Respekt und Bewunderung, wenn Besucher kamen.

Mara tat diesen Schritt, im Gefühl des Übertritts einer alten Grenze, die sie zurück in ein zwar längst vergangenes, so aber doch nie vergessenes Leben stieß, ein in ihr eingeschriebenes, ihren Körper und ihre Bewegungen eingebranntes Erleben. Hier war Mara noch immer die Gefangene, auch wenn sie frei war. Rein offiziell. Hier war Mara nur geduldet, sie könnte hier nie heimisch sein und werden, und doch war sie hier zuhause. In dieser architektonischen Hybris verbrachte sie einen großen Teil ihrer Kindheit. Und sie war diejenige, die privilegiert war, dass sie hier sein durfte, dass es ihr erlaubt war, der Kommandantin zur Hand zu gehen. Eine einzelne Träne lief Mara über die Wange, die sich schnell wieder von ihrem Taschentuch aufsaugen ließ, hinein in das Auge einer der gestickten Rosen, die einst die

Tränen ihrer Großmutter aufgesogen hatten, damals, als sie noch lebte.

„Bleiben sie hier so lange stehen," sagte das Dienstmädchen streng, schritt in einen der Nebenräume und verschwand.

Mara ließ erleichtert den verbrauchten Sauerstoff aus ihren Lungen, und fühlte sich, als hätte sie den Atem seit ihrem Eintritt in diesen Palast angehalten, nein, seit ihrer Anreise.

Stimmen drangen aus dem Nebenzimmer und Mara erkannte sofort das Säuseln der Kommandantin, ihr süßliches Kreischen. Die Stimme der Kommandantin war die Mauer, unter der sich das Nichts verbarg. Hinter dieser Stimme lauerte der Abgrund. Die Kommandantin war stets nur eine Hülle der Beherrschung, sie war kein fühlender Mensch, jedenfalls nicht nach Außen hin. Sie war die Kommandantin. Nicht mehr und nicht weniger. Sie war die Herrscherin der Stadt. Sie war diejenige, welche die Geschäfte ihres Mannes nach seinem unglücklichen Tod, wie damals gesagt wurde, um das Bild nicht zu zerstören, übernommen hatte. In Wahrheit hatte er sich, kurz vor dem Untergang, umgebracht.

Mara saß wie versteinert auf dem Hocker am großen Rundtisch. Die Kommandantin thronte in ihrem Ohrensessel, gertenschlank, wie eh und je, das Gesicht aus Stahl geschnitten, nahezu Funken sprühend, magnetisch, die Augen scharf wie Diamanten, das Haar still zurückgebunden zu einem kurzen Zopf. Ihre Lippen waren niemals vorhanden, ihr Mund war nur eine Linie, ohne Übergang, der in sie hinein führte und aus dem diese Mauer tönte, keine Unterscheidung, dieser Zylinder, der keine Stimme war, sondern nur eine Hülle. Völlige Auflösung. Hinter ihr war auf einem

Podest ein kleines Tierskelett, das sie nicht kannte und nicht genau erkennen konnte.

Mara lächelte gequält, da sie nicht das erste Wort ergreifen wollte. Ein Machtspiel zwischen ihr und der Kommandantin war schon längst in Gang, das aber vor allem von der Kommandantin ausging, da diese genau um ihren Respekt wusste, noch immer, jedoch auch wusste, dass Mara nicht mehr das kleine Mädchen von früher und die Jugendliche war, damals in der guten Zeit, als noch alles seine Ordnung hatte, die Ordnung noch kein Verbrechen war, sondern ein Akt der Verwaltung. Mara wollte sprechen, ihr Lächeln, dass sie ebenfalls aufsetzte, war ganz so wie früher, als es aufgesetzt werden musste, als sie lächeln musste, denn wenn sie nicht lächelte, wurde sie geschlagen.

Doch Mara konnte es nicht. Der Anblick dieser Frau, der ihr so vertraut war, der die Jahre nicht wirklich etwas angehabt hatten, die noch immer so aussah, wie sie ausgesehen hatte, bis auf ein paar graue Haare und ein paar Falten im Gesicht, war noch immer das, was sie je für sie war: ihre Kommandantin.

„Nun sag schon, mein Mädchen, wie geht es dir,“ fragte die Kommandantin, „gut siehst du aus, du hast immer so gut ausgesehen, eine Schönheit, wie sie im Buche steht.“

Mara wurde rot, die Stimme der Kommandantin war wie ein Koloss, der in ihr Herz geworfen wurde, der tief in das Meer in ihr sank, keine Axt, um die Eisfläche zu spalten, sondern eine nie endende Wunde, die weit offen klaffte, ohne Kap und Küste. Ein Eisberg. Mara wollte sprechen, doch kein Wort drang über ihre Lippen, die sich nicht öffnen wollten, auch wenn sich die Worte schon auf ihrer Zunge befanden.

„Etwas zu trinken für meine Besucherin,“ wies die Kommandantin das Dienstmädchen an, „und mach gefälligst schnell, du faules Stück.“

„Ja, gnädige Frau," sagte das Dienstmädchen, nickte, machte einen kurzen Knicks und verschwand schnell in einen der Nebenräume, dorthin, wo sich die Küche befand, wie Mara wusste, der Ort, an dem sie sich selbst so oft befand.

„Du wirst sicher Durst und Hunger haben, mein Liebes," sagte die Kommandantin, „nicht wahr?"

„Ja," flüsterte Mara leise, deren Mund endlich einen kleinen Spalt aufgegangen war, „das wäre nett, ich habe wirklich eine trockene Kehle."

„Das verstehe ich vollkommen," sagte die Kommandantin, „es muss eine lange Reise für dich gewesen sein. Ich reise nicht mehr viel. Das Reisen hat mir nie etwas ausgemacht, aber heute reise ich kaum. Wo sollte ich denn auch hin. Ich bin ja hier zuhause. Ich habe doch immer hier gelebt. Aber für dich, freilich, es ist ein anderes Leben jetzt. Nicht wahr?"

„Ja," sagte Mara und schwieg wieder.

Sie konnte es nicht fassen, dass sich so wenig verändert hatte. Heute kommentierte die Kommandantin ein anderes Dienstmädchen herum, das wohl bezahlt wurde, so wollten es die Regeln, das allgemeine Recht, heute, im Gegensatz zu damals, als es für sie kein Recht gab, nur das Entrechtigte, das Entmenschlichte an der Tagesordnung war, jenseits dessen, was auf der anderen Seite für Gesetze herrschten, die für sie und ihresgleichen nicht galten. Noch immer wurde hier etwas aufrechterhalten, auch wenn unter anderem Namen, so doch unter demselben Regiment. Der König lebte noch immer.

Das Dienstmädchen kam mit einem Tablett zurück, stellte ein paar Gläser auf den Rundtisch, hin zu Mara und hin zur Kommandantin, schenkte Kaffee ein, etwas Wasser und ein paar Canapés, die Mara ebenfalls so gut kannte, den Blätterteig, den Schmand, die feinen Streifen Schinken und Käse, garniert mit einer Silberzwiebel, die sie noch nie leiden konnte.

Mara nahm das Glas und trank es in einem Zug leer. Das Wasser sprudelte kühl durch ihren Körper und gab ihr endlich etwas Luft. Ihr Gehirn konnte wieder denken und sie richtete sich langsam auf, als ob sie erst jetzt gemerkt hätte, dass sie gar nicht mehr in der Erinnerung lebte, sondern zwanzig Jahre später, erwachsen war und keine Gefangene.

„Sie wissen, um was es geht," fragte Mara, „wer mich geschickt hat und was ich tun soll?"

„Sicher, mein Liebes," zwitscherte die Kommandantin, „wie könnte ich nicht wissen, was du hier suchst? Natürlich weiß ich es. Ich freue mich trotzdem unendlich dich zu sehen. Es ist so lange her. Und ich habe so viel an dich gedacht. Unglückliche Umstände damals. Ich freue mich einfach, dass ich dich wieder sehe. Und ich bin froh, dass du hier eine Weile bleiben wirst. Du hast es weit gebracht. Du seist sehr gut in deinem Beruf. Ich habe nur Gutes über dich gehört. Mir war sofort klar, dass sie dir diese Aufgabe übertragen. Und du hast sie angenommen. Das respektiere ich. Wer hätte das gedacht. Die kleine Mara. Ich bin mir sicher, dass du eine sehr gute Arbeit machen wirst. Nicht wahr?"

Nachdem Mara der Kommandantin die Unterlagen fachmännisch auf dem runden Tisch ausgebreitet hatte, sie in ihre Aufgaben einwies, und sich fast schon wieder so fühlte, wie das kleine Mädchen, dass sie damals war, das immer versucht hatte es der Kommandantin recht zu machen, dass sie guter Laune war. Denn wenn sie guter Laune war, dann ging es Mara gut. Mara hatte versucht zu erklären und darzulegen, wie ihre ekrinautische Tätigkeit vonstatten ging, die sie von den Delegierten des GODdzPaV angetragen bekommen hatte. Hierfür musste sie Einsicht in alle Bücher haben und ebenfalls in alle Abteilungen freien Zugang bekommen, die für die Produktion damals vorgesehen waren. Auch die Baracken musste sie frei betreten dürfen und überall einen Ort haben, an dem sie ungestört arbeiten konnte, die Dokumente vergleichen, das Inventar überprüfen, Stichproben machen und alles – im Idealfall – auf seine Ordnung hin abschließen.

„Dass du jetzt ausgerechnet hierher zurückkommst," säuselte die Kommandantin, „wundert mich nicht. Es ist nur konsequent. Mich wundert auch nicht, dass du dich entschieden hast, diese Arbeit zu erlernen. Du warst schon immer begabt für das Chaos, auch früher. Ich wusste immer, dass etwas aus dir hätte werden können. Und nun ist sogar etwas aus dir geworden. Du hattest Glück. Nicht alle hatten dieses Glück. Es ist seltsam wie sich alles fügt."

Mara war aus ihren Erklärungen herausgerissen worden und wieder trafen sie die Worte der Kommandantin wie Rasiermesser im Herzen, viel weiter, in der Seele, dem weichsten Ort ihrer Gefühle, eine dünne Schicht, die sie zusammenhielt, und wenn sie zerriss, würde sie zerfließen, ins Nichts und sterben. So, wie sie es fast erlebt hatte, wie es so viele um sie herum erleben mussten, die nicht mehr da waren, sie, die noch immer da war, eine Last, die ihr niemand nehmen konnte, die in ihr blieb.

„Ich habe mich immer um dich gekümmert, mein Liebes," sagte die Kommandantin, „sonst hätte ich dich nicht hierher zu mir genommen. Wer weiß, was sonst mit dir passiert wäre. Das, was so vielen passiert ist. Ich dachte mir damals schon, dass man dieses Kind retten müsste. Zum Glück habe ich es geschafft, nicht wahr?"

„Ja," sagte Mara ohne nachzudenken, als müsste sie es sagen, als wartete der Henker hinter der Tür, wenn sie es nicht gesagt hätte.

Auch wenn sie es nicht sagen wollte und konnte, auch wenn sie wusste, dass es falsch war, so war sie doch überzeugt davon und wusste doch, dass sie tatsächlich tot sein könnte, wenn sich nicht die Kommandantin für sie eingesetzt hätte. Auch wenn es grausam war, auch wenn es nicht recht war. Es musste so sein. Sie war doch nicht ganz schlecht.

„Denk dir nichts, mein Liebes," zwitscherte die Kommandantin, „die Zeiten haben sich geändert, ich habe immer versucht meine Arbeit gewissenhaft zu erledigen. Der Rest lag nicht in meiner Hand. Auch heute noch tu ich mein Bestes, die Arbeit und die Stadt am Laufen zu halten. Auch die Baracken sind heute anders. Wir sagen, dass sich in den nächsten Jahren noch vieles tun wird. Du wirst sehen, du wirst dich hier wie zuhause fühlen. Der Fortschritt greift um sich. Elektrizität und Computer. Das Digitale. Das weißt du ja besser. Daten und all der Quatsch. Ich freue mich jedenfalls sehr, dass du dich entschieden hast, deine Arbeit auch hier zu tun. Du wirst nicht befangen sein, nein, du wirst das Richtige tun. Ich verspreche dir, dass du nichts finden wirst. Hier war es nicht wie anderswo. Hier hatte immer alles seine Ordnung. Ein Musterbeispiel quasi. Es war schlichtweg eine andere Zeit. Eine schlimme Zeit. Aber die ist nun ja Gott sei Dank vorbei. Das weißt du, mein Liebes, sonst wärst du nicht hier, nicht wahr?"

Die Kommandantin stand auf und schritt mächtig und aufrecht auf die Terrasse und sah in die Ferne. Mara ordnete ihre Unterlagen, packte sie fein säuberlich in ihren Aktenkoffer, schloss ihn wieder und wusste nicht, was sie nun tun sollte. Ihr war nicht wohl. Noch immer lag in der Stimme der Kommandantin etwas, das Gefahr bedeutete.

„Komm heraus, mein Liebes," sagte die Kommandantin, „sieh dir diesen wunderbaren Ausblick an."

Mara stand unsicher da, folgte aber letztlich doch der Anweisung. Jetzt konnte sie endlich das Tierskelett sehen, das vielleicht siebzig bis achtzig Zentimeter lang und auf einem steinernen Block mit einer Eisenhaltestange angebracht war. Es war eine Art Fisch. Vielleicht ein kleiner Delfin. Das konnte sie nun sehen.

„Ein Schweinswalembryo," sagte die Kommandantin von draußen, „mein Sohn hat es mir geschenkt. Es ist aus dem Jahr 1851. 1989 wurde es für die jetzige Form restauriert. Ein schönes Sammlerstück, nicht wahr?"

Mara betrachtete traurig die Wirbel und Knochen des Wales, die strahlten, als wären sie gebleicht, was sie wahrscheinlich sogar waren. Das Skelett war seltsam gedrungen, kurz vor seiner Entwicklung und dem Wachstum versiegt. Es gab kein Entkommen. Mara ging durch die Terrassentür, stellte sich mit einigem Abstand von der Kommandantin an das Geländer und sah zu den Baracken herab. Von da an konnte sie nichts mehr fühlen. Ein Erdrutsch, eine Lawine in ihr, brach los. Doch sie blieb stark. Sie wurde ebenfalls wieder zu einer Hülle. Eine Hülle, die neben der Kommandantin stand, dieser stählernen Hülle, in der das Nichts gähnte. In Mara aber war das Chaos. Ja, das stimmte. In ihr war das Verlorene, das, was ohne Grenzen war, das, was nicht zu verstehen war, das, was nicht gutgemacht werden konnte.

Die Kommandantin drehte ihren Kopf zu Mara, sah ihr in die Augen und durchdrang sie mit ihrem Blick. Mara konnte diesem Blick nicht widerstehen. Sie wurde von ihm geleitet. Es war, als ob die Kommandantin sie hypnotisierte, ihr noch immer Befehle gab und sie zwang, das zu tun, was sie wollte. Die Struktur der Berge und der Wälder, das Zickzack, das sich zum Meer hin wand, bis zum Horizont, welcher im Abenddämmer verfloss, breitete sich auch in Mara aus. Diese Stadt und dieser Ort waren die Blaupause der

Innenwelt ihrer Kindheit und wie sie auch jetzt merkte, ihrer Gegenwart und Zukunft. Es würde sich nie ändern. Ihre Erfahrungen könnten nicht ausgelöscht werden. Niemals. Ihr wurde schwarz vor Augen.

*

Doch bald stand Mara, als sei nie etwas gewesen, wieder auf der Straße, ihren Aktenkoffer in der Hand. Sie spürte die wunde Stelle etwas pochen, die sie sich mit ihren eigenen Fingernägeln zugefügt hatte. Mehrmals atmete sie schwer aus, als müsste sie das tun, als würde sie sich vor einem imaginären Publikum beschweren, vor einem Zuhörer oder einer Zuhörerin, die ihr auf die Nerven gingen. Sie musste ausatmen, aber es war keine Beschwerde, sondern eine Notwendigkeit. Sie versuchte die frische Luft in sich aufzunehmen, mit jeder Pore, aber es ging nicht. Sie bekam eine dicke Schicht an verbrauchter Luft nicht aus sich heraus. Sie blieb wie eine Nikotinschicht, Straßenteer, dick und schwarz in ihr, füllte ihre Lungen aus, als ob diese ohne dieses Stützmodell zusammenfallen würden.

Mara ging zur Straße. Mehrere Taxis standen in einer Reihe und warteten nur darauf, dass sie im vordersten Platz nahm, die Adresse mitteilte, von dem Hotel, in dem sie wohnte. Nichts wäre einfacher gewesen. Mara stand da, betrachtete die Taxischlange, sah auf den Verkehr in den Straßen, Wegkreuzungen, nahm auch jetzt erst wieder die Menschen wahr, die hier liefen, ihren Geschäften hinterher gingen, dieser Stadt ihren Puls gaben, sie zu der jetzigen Metropole machten, die sie früher nicht gewesen war, die sie früher nicht sein konnte.

Mara stand still da, eine Momentaufnahme in einem Fluss aus Menschen, eingerahmt vom Gitternetz der Stadt, dem Schachmuster aus Straßen und Häusern, Anlagen, Inseln,

Rundungen und Verwerfungen. Alles, wie es schien, hatte hier seine Ordnung, ging seinen gewohnten Gang. Nein, vielmehr gingen die in dieser Stadt lebenden Menschen, oder diejenigen, die sie frequentierten, passierten, besuchten und sofort wieder verließen, Übergangswege nutzten, Passagen und Schluchten, Täler, Schächte, Hochhäuser, Apartments und Dächer, vorhanden und doch nicht vorhanden, ihrer Wege. Die Funktion dieser Stadt lag einzig und allein in der Dynamik ihrer Bewohner, wie eine Stimme, die durch eine komplexe Komposition drang, die schwingenden Instrumente auseinander schneidend und sich selbst erschaffend, aus sich selbst heraus, sicher fragil und zerbrechlich einbringend.

Es waren lediglich die Individuen, die diese Masse bildeten, die trotzdem nach den Regeln der Stadt summiert wurden, nach ihren Regeln funktionieren mussten. Auch wenn Mara still stand, auch wenn der Fluss an Menschen auf dem Gehsteig an ihr vorbeiglitt, sie manchmal an der Schulter zog, ihren Aktenkoffer streifte, so war sie doch kein Hindernis. Sie war die Einzige. Es war ihre Entscheidung, nicht weiterzugehen, in ein Taxi zu steigen und mit dem Gefährt, in diesem Innenraum, mit einem Fahrer, der sie zu dieser bestimmten Adresse, in der sie wohnen sollte, zu fahren, zu verschmelzen.

Nein, Mara ging weiter. Sie ging mit dem Fluss, schwamm gegen den Strom, versuchte die Stadt, die ihr in ihrer Kindheit so vertraut war, wieder zu entdecken, wieder zu erfahren, ihre Wege, die sich nicht völlig geändert haben konnten, wieder zu finden, ein Stück von ihr selbst, vielleicht auch wieder sich selbst zu begegnen, jenseits der Funktion.

Nach einiger Zeit erkannte Mara den Giebel eines Hauses, die im Jugendstil verzierten Windungen und Formen, das futuristische Versprechen des Kommenden und den mythologischen Urgrund eines Wunsches, der die Jahrhundertwende einst geprägt hatte. Zum Krieg! Mara ließ ihren Blick über die formelhaften Verzierungen schweifen, verlor sich in der Erinnerung an ein Früher, das doch noch da zu sein schien, nicht nur in ihr allein, sondern auch außerhalb, Zeugen der Zeit, mit Gebäuden verbunden, mit Straßen und Wegen, die nach wie vor vorhanden sein mussten, weil es gar nicht anders ging.

Mara bog in eine kleinere Straße ab, die ebenfalls noch befahren war, in der ebenfalls die paarweise und nahrhafte Geschäftigkeit und fast unbewusste Funktionalität der Drohnen und Ameisen herrschte. Aber sie hatte ein Ziel. Sie wusste nun wieder, wo sie war, wie sie sich zurechtfinden musste. Ihr inneres Norden war nun mit dem äußeren Norden gepolt. Unten war unten, war Italien, war Afrika, der Südpol. Die Tiefe. Zu ihrer linken Seite der Westen, der Sonnenuntergang, die Vergangenheit.

Mara nahm das Stück Papier wieder aus der Tasche ihres Trenchcoats, flog im schnellen Weitergehen über die Adresse und wusste, welchen Weg sie zu gehen hatte, um selbst im Hotel anzukommen, selbst in dieser Stadt, die sie einmal als eigene Heimat beherbergt hatte, einzudringen und anzukommen, selbst zu sein, in ihrem eigenen inneren Osten. So ging Mara immer weiter, in ihren schwarzen Mantel gehüllt, leicht vorgebeugt, schnellen Schrittes, ihre Stöckelschuhe klackerten mechanisch auf dem Asphalt, der schwarze Aktenkoffer bildete eine Hammerlinie mit ihrem steifen Arm, der sich nur leicht wie ein Uhrenpendel mal nach vorne, mal nach hinten bewegte, kaum merklich, immer der Nase nach, ihrem Gefühl von Heimat.

Der Himmel war dunkel, der Abend hereingebrochen, es wurde Nacht. Die Laternen glommen, die Wolken versammelten sich wie Spähtrupps, Häuser leuchteten aus vorher blinden oder reflektierenden Augen, Fenstern zur Außenwelt, aus einer unbekannten je eigenen Privatsphäre, Blitze,

Macht, Versprechungen, Gewalt, Stützen und Gucklöcher, Liebe, Türen und Schemen, Sex, Figuren, die ein und ausgingen, Hüllen und das Personal der Kulisse bildeten. Weite und Enge, Systeme und Gänge, Flure und Stockwerke, Höhen und Tiefen, Parkgaragen, Opernhäuser, Büros, Abstellkammern und Keller. Alles war an seinem Platz. Sogar der Tod.

In Mara erklang eine innere Musik, während sie weiter ihren Wegen und Erinnerungen folgte, die ihren Körper ganz automatisch zu kennen schienen, wie zuvor, als sie in der Menge, im Strom des Verkehrs der Stadt stand. Nun folgte sie ihrem eigenen Körper, ihrer Erinnerungsspur, ihrer Innenwelt, Innung, die sich mit der Außenwelt verschloss.

Mara fühlte sich wieder zu Hause. Die Begegnung mit der Kommandantin hatte sie doch mehr verwirrt, als sie sich selbst hätte eingestehen können. Und doch fand sich ein Lächeln auf ihren Lippen, während sie ihren Gedanken hinterherzugehen versuchte, die ständig streuten und vielmehr dem Weg folgten, Funken über die Szenen warfen, Feuersteine abkratzend, die sie mit einer gewissen Straßenecke, einer Häuserfassade, einem noch immer vorhandenen Baum, einem Park, aber auch einer fehlenden Gedenkstätte verband, der klaffenden Leere der einstigen Kirche, an deren Platz nun ein Kaufhaus in die Höhe ragte, in ihrer damaligen Siedlung, die nun von einer riesigen Fußballarena eingenommen wurde oder auch das scheinbar sich wie von selbst entwickelte Ladensystem, die Cafés, die sicherlich ebenfalls in ständigem Wechsel begriffen waren und keine Dauer kannten, sondern nur eine Art Übergangskonto bildeten, einen Transit, ein Geschäft, in dem es floss, in dem verkauft wurde und das selbst wieder verkauft werden würde, um weiter betrieben zu werden, immer weiter, weiter, bis ans Ende der Zeit.

Mara meinte den halben Weg bereits geschafft zu haben. Sie hatte eine trockene Kehle, wie sie es schon lange nicht mehr hatte und ging in einen Kiosk, wo sie sich eine kleine Flasche Wasser kaufte. Mit Kohlensäure. Wieder auf dem Gehsteig stehend drehte sie den Verschluss auf und hörte die kleine Explosion. Die Straßen wurden ruhig. Es war Nacht. Die Laternen hüllten den Beton und die Fassaden ganz wohlig ein, wie einen Brautschleier am Nachttisch. Sie strömten für Mara keinerlei Gefahr aus. Den restlichen Weg würde sie auch noch gehen, dann wäre sie im Hotel angekommen und vielleicht sogar auch endlich wieder in ihrer Vergangenheit, hätte die Gefangenschaft, die sie bei ihrer Ankunft so tief spürte, die Angst vor der Kommandantin, überwunden.

Denn Mara war ja frei, sie war keine Gefangene mehr. Auch innerlich, in Beziehung mit diesem nun anderen Außen, konnte Mara eine Verbindung spüren. Es schien eine Möglichkeit zu geben, sagte eine Stimme in Mara, die wohl wirklich zu ihr zu gehören schien, vielmehr ihr gehören musste, auch wenn sie diese Stimme so lange zu verdrängen suchte. Sie fühlte sich frei, ja, das war ihr Gefühl. Sie fühlte, dass es möglich war, dass sie endlich innerlich Freiheit zu fühlen im Stande war, auch hier, in der Stadt, in der sie einst gefangen war, nicht frei.

Mara trank die Flasche in wenigen Augenblicken leer, als würde sie sich den schwarzen Teer in ihren Lungen, der sie vorhin so schwer atmen ließ, hinwegspülen, auflösen, eine neue Schicht freilegen, den Lungen das Vertrauen geben, um zu wissen, dass sie nicht einfielen, dass die Luft von außen ihnen Kraft und Halt geben würde, und ihr ein Leben ermöglichen, das sicher war und befreit von der Last der Vergangenheit. Es schien möglich.

Mara schraubte die leere Flasche zu und warf sie in einen Abfalleimer, als sie von einem schnell vorbeilaufenden

Mann angerempelt wurde, der sich nicht umdrehte und hinter der nächsten Ecke verschwand. Mara war etwas verwirrt und spürte die Berührung, einen kleinen Stich, ein Aufprall, der sie erschreckt hatte, gab dem aber keine weitere Bedeutung.

Mara bog ebenfalls in die kleine Gasse, die ihr, wie sie nun merkte, sehr vertraut war. Je weiter sie in das enger werdende Netz der Wohnblöcke und Anlagen eindrang, desto vertrauter wurde ihr die Umgebung. Hier hatte sich nichts geändert. Es waren die funktionalen Apartments, die sie aus ihrer eigenen Siedlung kannte, in denen hier früher Arbeiter wohnten, meist nicht lange, nur zum Übergang, wie in Hotels, nur um nach verrichtetem Dienst wieder weiterzugehen, Monteure und Spezialisten, aber auch Aushilfskräfte und Besucher, die sich hier kurze Zeit einrichteten und dann wieder weitergingen.

Die schmalen Durchgangswege und hohen Häuserzeilen bildeten mit dem dunklen Himmel, der wie ein Dach über den Häusern lag, eine Burg, ein Labyrinth, von dem man den Weg kennen musste, für die ein innerer Norden und Süden, das Vertrauen auf Westen und Osten vorhanden sein mussten, zu oft wechselte die Richtung, ging es ein paar Treppen nach oben oder nach unten, gleichten sich Wände und Fassaden und verschluckten das Individuelle, das hier nicht vorhanden sein konnte, das hier nur als eine Einheit die Siedlung verband.

Doch Mara verlor sich zusehends, während sie sich durch diese Gänge bewegte, die sie doch zu beherrschen meinte, durch ihre innere Sicherheit, die Richtung zu wissen, den Weg aus dem Wald zu finden, wenn man nur immer wieder den rechten Pfad wählte, der einen wie aus einer Spirale irgendwann aus dem Richtungslosen heraus schälen würde. Mara versuchte sich zu konzentrieren, um sich nicht gefangen nehmen zu lassen, nicht wieder, sich mit einer gewissen

Freiheit und Zuversicht treiben zu lassen, auch wenn ihr Blick verschwamm, ebenfalls wie zuvor im Menschenstrom. Sie musste aber darauf vertrauen, dass es ein Außen gab, ein Dahinter, etwas hinter dem Horizont, dass da immer etwas war, vielleicht auch jemand, der einst da gewesen war, wie ihre Eltern, ihr jüngerer Bruder, ihre Tanten und Onkel, ihre Cousins und Cousinen, auch all die Bekannten, die Freunde, die Mitgefangenen, die anderen Kinder, diejenigen, die so waren wie sie, alle hier, wie sie selbst und ihre Familie und die, die nicht selbst über sich verfügen durften, sondern über die verfügt wurde.

Mara irrte mit klopfendem Kopf weiter durch dieses kleine Venedig, diese innerstädtische Isoliertheit, diese Insel, umspült vom Funktionalen, aber in sich ein restliches Stück Chaos aufrechterhaltend, etwas das nicht bestimmbar wurde, nicht kontrollierbar werden konnte. Sie erinnerte sich an Episoden aus ihrer Kindheit, sah sie fast greifbar vor sich, die heimlichen Versammlungen, die hier stattgefunden hatten, die geschmückten Räume, wo sie mit den anderen Kindern spielen durfte, während die Erwachsenen miteinander diskutierten, sich beratschlagten, was zu tun war, um sich zu wehren, dort, wo keine Wehr greifbar wurde. Aber auch die Theateraufführungen, die Hochzeiten, Geburtstage und Trauerfeiern, die hier unbemerkt und illegal trotz alledem stattfanden. Sie waren ja alle Menschen.

Eine längst vergessene Musik hallte durch die Siedlung, diese Gassen, die mit ihren groben Backziegeln, den immergleichen Mauern und Häuserzeilen, von der Zeit verschont geblieben waren. Hier konnte man sich verirren und war doch aufgehoben, vergessen und doch vorhanden. Mara ging immer weiter, wie auswendig gelernt, tremolierend ging sie hier mal rechts, mal links, als ob sie nie woanders gewesen wäre, als ob sie einen Brief von Q1 Strich 15 nach

L8 Strich 33 bringen würde. Nur heute war sie eine Botin ihrerseits, die zu ihrem Hotel musste, die hier eine Aufgabe zu erledigen hatte, die Unterlagen zu prüfen bestimmt war, um herauszufinden, wie es wirklich gewesen war, damals, hier, in ihrer Hoffnung vielleicht ein wenig menschlicher, als an den Orten, von denen man schon so viel erfahren hatte, das kaum erfahrbar war, sondern ein Fakt, den man nicht mehr widerlegen konnte.

Trotz allem war ein dumpfes und ängstigendes Gefühl in Mara, ein Gefühl, ein Tabu zu überschreiten und am Ende etwas falsch gemacht zu haben. Sie hielt inne und blieb stehen. Das Klappern ihrer Schuhe hinterließ ein doppeltes Echo, wie ihr vorgegaukelt wurde. Erschrocken drehte sie sich um. Doch sie sah nichts. Schemen. Verschwommene Muster. Aber sie war völlig allein. Überhaupt merkte sie erst jetzt, dass hier kein Leben vorhanden war. Die Fensterläden waren verschlossen, kaum ein Licht drang aus den Häusern, auch wenn hier gelebt wurde. So war es doch auch deutlich, dass hier sehr vieles verlassen war, dass hier kein Ort war, der noch sehr beliebt war, dass hier nach wie vor Ausgestoßene zu Hause waren, diejenigen, die nicht im Glitzerschein der fluoreszierenden Stadt leben konnten, weil ihnen die Möglichkeiten fehlten.

Durch Mara hämmerte eine treibende und schnelle Assoziationskette. Ihr Körper wurde gelähmt. Sie fühlte sich ertappt. Leises Klopfen war zu hören, aber nur dumpf und hinter verschlossenen Türen. Die Straßen. Die Gässchen. Die Einzelnen. Eine Art Anrufung. Mara sah auf die Uhr und war erstaunt, dass sie bereits seit einer Stunde durch diese Siedlung gegangen war, durch die man eigentlich in zehn Minuten hätte durch sein müssen. Sie fror etwas, band mit langsamen Bewegungen ihren Mantel etwas fester, zog die Schultern nach oben, drehte sich noch einmal etwas unsicher um und ging weiter. Ihre Füße hoben sich kaum vom Boden. Das Klappern ihrer Schuhe fuhr aber fort, das nicht von ihr kam.

Doch plötzlich blieb sie atemlos stehen. Es war, als ob ihr etwas entrissen worden wäre, also ein Gedanke, dem sie hatte nicht standhalten können, gegen das, was um sie her geschah, das, was sie zu beherrschen meinte. Nein, sie konnte sich nicht verlassen. Etwas war da, das stärker war als sie. Eine Schnelligkeit, ein weißes Rauschen, etwas, dass sie außer Atem kommen ließ. Wieder hörte sie Schritte, verschwamm ihr Sehfeld, versank etwas in ihren Organen wie in einem Brunnen, schwer und schmerzend. Natürlich waren hier auch Menschen. Das konnte nicht geleugnet werden. Doch irgendetwas, irgendwer, verfolgte sie.

Mara ging langsam wieder weiter. Sie konnte kaum mehr gehen. Übelkeit umfing sie. Dann ging sie einen Weg nach links und einen nach rechts, und blieb wieder stehen. Wieder hallte ihr Schritt doppelt. Doch das, auf das sie zuvor vertraut hatte, war wie weggeblasen. Auf einem kleinen Platz setzte sie sich auf eine Mauer und krümmte sich zusammen. Sie hatte Bauchweh. Ein Mann kam um die Ecke und schnellen Schrittes. Den Blick auf den Boden gerichtet. Er ging schnell an ihr vorbei. Grüßte nicht. Und verschwand hinter der nächsten Ecke. Wo seine Schritte wieder erstarben.

Maras Herz schlug schneller. Wieder stand sie auf und merkte, dass sie schwitzte. Sie merkte, wie unruhig sie war, wie sehr sie sich zu beruhigen versucht hatte, auch wenn sie völlig aufgelöst war. Die Begegnung mit der Kommandantin hatte sie doch mehr mitgenommen, als gedacht. Warum hatte sie kein Taxi genommen. Sie hätte schon längst im Hotel sein können. Jetzt irrte sie hier durch alte Wahnvorstellungen und hatte sicherlich noch eine halbe Stunde Weg vor sich, bevor sie sich zur Ruhe legen konnte, um endlich wieder zu schlafen, den Tag zu verarbeiten.

Mara rieb sich die Augen, atmete noch einmal durch, nahm ihren Aktenkoffer wieder auf und ging weiter. Ihr Blickfeld aber verengte sich zusehends. Sie war erschöpft und wollte ins Warme. Schwindel überkam sie. Alte Gefühle kamen hoch. Leise Musik drang von irgendwo her, das elegische Seufzen einer Geige, die sanften Schläge eines Klaviers und das Atmen von Menschen. Mara fühlte sich traurig, sie wollte weg, wollte eigentlich nie mehr hierher zurückkehren und nun war sie trotzdem wieder da, als wäre sie nie weggewesen, alles nur ein schöner Traum. Die Häuserwände bogen sich. Auf einmal erschienen Menschen aus einer anderen Zeit, ein paar Kinder spielten Ball, eine hutzelige Großmutter stopfte ein Paar Socken, bunt und dickwollig. Ein frischgebackener Kuchen stand am Fenster. Zimt und Zucker. Ein paar Männer spielten Karten und schrien ganz laut. Pik-Ass. Ein paar Mädchen unterhielten sich und lachten. Augenblickkontakt. Eine Frau stillte ihr Kind. Muttermilch.

Mara lehnte sich an eine Hauswand und weinte. Ein Hund verfolgte eine Katze und bellte laut. Fauchen und Bellen. Ein kleiner Junge sprang vorbei und sang ein unsinniges Lied. Klingklong, die Hex ist tot. Von oben rief eine Frau ihrem fliehenden Mann hinterher, der es aber gar nicht hören wollte. Du Saukerl. Die Sonne schien durch die Spalten, erzeugte Formen und Linien, Flecken und Felder. Mara ging wieder weiter. Etwas war hier auf immer verloren, nie wieder würde sie zurückkehren zu dem, was einst war. Es gab keine alten Fotos. Der Film war zerstört.

Zwei Mädchen spielten mit ihren Puppen. Berührung und Zärtlichkeit. Eine Frau summte wieder dieses Lied. Ginster. Moor. Es war Mara noch immer entfallen. Ein Mann küsste eine Frau. Semen. Ein rostiges Fahrrad lehnte mit platten Reifen an einer Hauswand. Der Zahn der Zeit. Der braune Backstein gab die aufgespeicherte Wärme ab, jetzt wo es kälter wurde. Ein unsichtbares Atmen. Der alte Mann saß auf seinem Stuhl und war eingeschlafen. Nasennebenhöhlen. Er träumte von seiner Kindheit. Ein Sturz, ein Ball. Mara aber ging weiter. Sie konnte hier nicht länger bleiben, zu sehr war sie verbunden mit diesem Ort und ihrer Vergangenheit.

Mara befand sich wieder auf der Straße. Ihre Bauchschmerzen wurden schlimmer. Weiße Sterne zuckten vor ihren Augen. Sie hatte das enge Netzwerk ihrer Vergangenheit durchquert. Hier war sie wieder auf sicherem Boden, meinte sie. Sie wollte nur herausfinden. In einem kleinen Imbiss bestellte sie eine heiße Suppe und spürte, wie sie wieder zu Kräften kam. Bis auf die Canapés bei der Kommandantin hatte sie den ganzen Tag nichts gegessen. Stunden schienen seit ihrer Begegnung vergangen zu sein, Stunden, die wie ein Leben aus Erinnerung schien, was es ja auch war. Ein Mann kam in den Imbiss, sah zu Mara und ging wieder nach draußen. Mara hatte ihn gar nicht so sehr bemerkt, zu sehr war sie in sich versunken, hatte sein Gesicht gar nicht so sehr erkennen können.
Etwas verwirrt machte sie sich wieder auf den Weg. Sie taumelte. Der Weg kam ihr unendlich vor. In wenigen Momenten würde sie zum Hotel kommen, sagte sie sich und sprach sich Mut zu. Dann konnte sie endlich schlafen. Die Stadt hatte zu atmen aufgehört. Kein Leben, das neben ihr pulsierte, sondern ein Ruhezustand. Ein leiser Puls. Die Straßen waren kaum befahren, Seitenwege leer und verschlossen. Mara begann schneller zu gehen. Sie wollte endlich ankommen. Doch alles tat ihr weh. Der Weg hörte nicht auf. Ihr Blick verlor sich im Dunkel. So schnell sie ging, sowenig kam sie voran. Doch es stimmte nicht, sie kam ihrem Ziel näher, doch innerlich fehlte etwas. Eine Distanz. Innerlich schaffte sie es nicht, sich freizumachen.

Sie spürte noch immer die Ketten, die schwer in ihr hingen. Ein Taxi fuhr schneller als erlaubt an ihr vorbei. Mara wollte dem Fahrer hinterher winken, ihn zum Anhalten bringen, etwas signalisieren, schnell, jetzt, unbedingt, weiterzukommen, weg von hier, als sie aber schon von hinten kommend eine Hand auf ihrem Mund spürte und sie festen Griffes in eine Seitengasse gezogen wurde, während ihr Körper nachgab.

Mara wehrte sich nicht. Die starken Hände und Beine ihres Angreifers zogen sie hinfort. Keine Chance. Sie konnte gegen diesen Widerstand nicht angehen. Sie konnte sich nicht bewegen. Sie konnte nichts sehen. Nur Blitze. Nur Dunkelheit. Es verschluckte sich jeweils beides. Ein schwarzes Loch. Eine weiße Wand. Mara spürte wie sie zu Boden gedrückt wurde, wie sie nicht mehr fähig war, etwas zu tun, zu schreien, zu treten, sondern ihr etwas angetan wurde. Etwas Monotones lag in dem, was nun geschah. Mara musste es geschehen lassen. Dinge geschahen. Doch dies war ein Sturm.

Zusammengekauert lag Mara am Boden. Der Mann war weg. Sie fühlte nichts. Dort war nur eine Leere, an der Stelle, an der ihr Herz war. Irgendwo innen. Dieser Ort. Dieses Gefängnis. Ihr Kopf war wie ausgeblasen, eine Eierschale an einem Palmzweig zu Ostern. War sie gestürzt? Nur ein kleiner Faden hielt sie oben. Sie wusste es nicht mehr. Sie war noch immer gefangen. Wieder. Das war klar.

Nach einer Weile standen zwei Männer über ihr. Es schienen Polizisten zu sein. Jedenfalls hoffte sie das. Sie sprachen Mara an, wollten zu ihr durchdringen, doch in Mara drang nichts mehr ein. Sie konnte nicht verstehen, sah nur Schemen von Figuren über ihr, die ihr hochhalfen und sie wegbrachten, irgendwohin, nur weg von hier. Wieder wurde alles schwarz, Schweigen, der Rest.

Die Baracken lagen still und verloren in der Nacht, eine Anhäufung und Vermessung des ewig Gleichen, des Vereinheitlichten, Zweckgebundenen, das keine Wohnstatt bieten sollte, sondern nur temporär gedacht war, übergangsmäßig. Der Mond flimmerte grimmig vom Firmament, blitzte verschwommen von den Spiegeln der Hochhäuser und ließ die Baracken in ihrer tiefen Abgeschottetheit verschwinden. Ein Flusssystem wand sich durch die quadratischen Planwaben, deren Straßen ebenfalls ein Gittermuster bildeten, das so nicht besonders einladend war. Ein paar Ratten, Katzen, wilde Hunde und Halsbandsittiche besetzten ihre Mauerstreifen und Dachluken, streunten umher und fochten Kämpfe aus, die viel archaischer waren, als all das, was hinter den verschlossenen Türen und Fenstern der Einheitshäuser lag.

Mara lag auf einem Bett, fühlte ihren Kopf pulsieren, ihren Körper, fühlte sich gerädert, erschöpft und ohne Möglichkeit zu entkommen. Sie schreckte auf, setzte sich im Bett auf, wollte fliehen. Doch die festen, aber doch sanften Hände einer älteren Frau hielten sie, nicht fest, sondern freundlich und gaben ihr ein wenig Vertrauen.

„Wo bin ich," fragte Mara verunsichert.

„Es ist alles in Ordnung," sagte die Frau, „du bist hier in Sicherheit, mein Mädchen."

Ein Mann kam ins Zimmer. Er hatte schwarze Augen, ein kantiges Gesicht, mit scharfen Konturen, von im Kreis laufenden Gedanken gezeichnet und athletischem Körperbau.

„Sie ist wach," rief er, „sie ist wach."

Der Mann eilte aus dem Zimmer und Mara ließ sich wieder schwer auf das Bett fallen.

„Was ist passiert," fragte Mara.

„Versuch dich auszuruhen," sagte die Frau, „hier nimm einen Schluck Tee, er wird dir gut tun."

Die Frau setzte Mara eine halbvolle Tasse Tee an den Mund und sie trank. Die warme Flüssigkeit tat ihr gut, belebte sie und Mara erinnerte sich wieder, wer sie war und wo sie war. Zumindest stellenweise. Der Mann kam wieder ins Zimmer zurück, hinter ihm ein älterer Mann, zwei jüngere Mädchen, ein Junge, zwei Frauen in Maras Alter und zwei Männer, die sich alle um sie herum versammelten. Sie hatten Schemel und Stühle dabei, die sie um das Bett platzierten und setzten sich im Raum umher. Alle sahen sie auf Mara, freundlich, besorgt und auch etwas ängstlich.

„Wer bist du," fragte der Mann, der zuerst ins Zimmer gekommen war, „mein Name ist Taio, das ist meine Mutter Tugba, hier meine Schwestern Tamila und Selma, meine beiden Nichten, mein Neffe und meine Freunde Jan und Zeko. Wir sind hier in den Baracken. Wir haben dich gefunden. Wir bilden hier eine Art Bürgerwehr, eine Art Widerstandsgemeinschaft…"

„Verrate nicht zu viel," sagte einer der Männer, Mara vermutete Zeko, oder war es doch Jan, „du weißt nicht, ob wir ihr vertrauen können."

Taio lehnte sich vor, stützte seine Arme auf den Knien ab und sah Mara mit festem Blick in die Augen.

„Und wer bist du?"

„Ich bin…," sagte Mara, „Mein Name ist Mara Niemitz. Mara Niemitz."

„Hallo Mara," sagte der kleine Junge und alle begannen zu lachen.

Die Stimmung war nun gelöster. Die beiden Frauen brachten Mara etwas zu essen, das Mara mit großem Appetit verschlang und sie fühlte sich besser. Die Menschen um sie erzählten ihr, dass sie sie gefunden und sich gewundert hätten, dass sie allein durch die Stadt gelaufen war. Hier würde sich niemand, vor allem keine Frau, dieser Gefahr ausliefern. Sie hätten deshalb sofort geahnt, dass sie nicht von hier war.

Mara hörte den Ausführungen zu, in diesem Kreis, in dem sie sich seltsam heimisch fühlte, so wie damals, als sie noch selbst hier gewohnt hatte, nur nicht bei den Baracken, sondern in der Siedlung, all die Menschen, die früher hier lebten, ohne auch nur die Möglichkeit gehabt zu haben, woanders hinzugehen, sie je wieder zu sehen.

„Ich habe auch einmal hier gelebt," sagte Mara in einer Pause, „ich habe in einer der Siedlungen gelebt, als Kind, früher."

Die Menschen um sie herum wurden still. Einige nickten wissend mit den Köpfen, andere, allen voran Jan und Zeko, tuschelten angestrengt mit vorgehobenen Handschalen vor den Mündern und versuchten nicht verstanden zu werden, waren etwas irritiert, ängstlich oder auch nur misstrauisch.

„Das dachten wir uns schon," sagte Taio zu Mara, „das könnte einiges erklären."

„Ich wurde hierher geschickt," sagte Mara, „ich komme von der Bundesebene. Ich soll hier die Dokumente überprüfen, ihr wisst schon… Diese bestimmten Dokumente, das, was aufgeschrieben wurde, was verzeichnet wurde, damals, was…"

„Du brauchst dich nicht weiter zu erklären," sagte Tugba und streichelte Mara über die Schulter, „das ist alles bekannt."

„Wir sind vor 20 Jahren hierhergekommen," erzählte Selma, die mit Zeko verheiratet war, „man hat uns versprochen, dass wir hier ein gutes Leben führen würden, dass wir hier eine neue Chance bekommen würden, neu anzufangen, wieder etwas aufzubauen. Aus alldem hier etwas Neues entstehen zu lassen. Wir haben hier den Jungen bekommen. Ilias. Auch geheiratet. Aber die Versprechungen wurden nicht gehalten. Ich meine, wo sollten wir denn hingehen? Wir sind hier jetzt nun einmal zuhause. Alle unsere Freunde sind hier, unsere Familien. Ich habe hier meine Arbeit. Wo sollten wir sonst hingehen? Es ist alles sehr schwer heutzutage. Wie soll man herauskommen? Es ist nicht so leicht und doch ist es vielleicht ein bisschen wie früher. Ich kam aus einem kleinen Dorf im Süden. Es war eigentlich eine schöne Kindheit, muss ich sagen. Die Wälder. Der See. Im Sommer sind wir immer darin geschwommen. Das war schön. Doch, ja, ich hatte eine schöne Kindheit. Aber das Leben wurde immer anstrengender. Da war keine Arbeit mehr. Die Bauernhöfe verfielen, die Einwohner flüchteten in die Stadt. Nur noch Industrie und alles wuchs zusammen, wie es eben zusammenwuchs. Es gibt ja keine Unterscheidung mehr. Alles ist nur noch eine einzige Metropole. Das Dorf, aus dem ich komme, ich könnte es nicht mehr finden. Es existiert ja nicht mehr. Ein Landvermesser könnte das vielleicht noch. Womöglich, ich weiß nicht. Was Landvermesser können. Gibt es überhaupt noch Landvermesser? Als meine Eltern gestorben sind, sind wir hierher. Es war doch ganz natürlich. Wir haben Arbeit bekommen, uns wurde hier eine Wohnung zugeteilt. Es gibt zu essen, Wasser, Strom und in den Wintern kann man heizen. Das ist doch was. Ich weiß nicht. Ich kann gar nicht mehr sagen, ob ich einmal Wünsche hatte. Zeko, kannst du dich daran erinnern? Ich glaube, wir sind schon zufrieden, aber es ist nicht einfach. Das war es früher ja sicherlich auch nicht, ich meine, früher war ja alles anders, das kann man ja nicht vergleichen, aber... Entschuldige, es ist nur so, wir wissen selbst nicht mehr, was wir tun können, wie wir mit unseren Kindern... Es ist so seltsam. Wir werden noch immer beherrscht. Aber es ist schwer.“

Selma hatte Tränen in den Augen und Tamila tröstete sie. Die Kinder waren im Nebenraum und brüllten und spielten und waren Kinder, die Kinder waren und sein durften und mussten. Die Männer rauchten Zigaretten, tranken Wein und diskutierten. Mara fühlte sich hier ganz wohl und geboren, fast so wie früher, das Gemeinschaftsgefühl, die Gespräche, die Kinder, damals, als sie noch selbst ein Kind war.

„Und was ist deine Geschichte," fragte Taio, „willst du darüber sprechen?"

„Ich weiß nicht," sagte Mara etwas gehemmt, „da sind so viele Stimmen in mir, so viele Gefühle, Erinnerungen und Bilder. Seit ich hierhergekommen bin fühle ich mich… Es fällt mir schwer, das herauszubekommen, ich hätte nicht gedacht, dass ich hierher je wieder zurückkommen würde. Ich meine, ich habe diesen Auftrag angenommen, weil ich hier selbst gelebt habe, dazu dachte man, dass ich mich auf der einen Seite hier auskenne, auf der anderen Seite aber natürlich auch befangen bin. Aber das Eine überwog das Andere. Es geht ja nicht um eine Buchprüfung für einen Malermeister. Deswegen hat man mich auch angefragt. Ich habe lange überlegt, aber, jetzt zu sehen, wie es hier ist, ich weiß nicht, ich konnte einfach nicht anders, ich weiß nicht mehr, wo ich bin, obwohl alles, was ich um mich herum sehe, nach wie vor aufgeladen ist mit so vielem, was da war und was denn nun ist. Ich weiß es nicht. Hier sind meine Eltern umgebracht worden. Hier sind sie noch immer. Ich weiß nicht wo. Ich kann gar nicht sagen, wie es war, jetzt, wo ich bei euch hier bin, ihr, die ihr mich jetzt hier aufgenommen habt. Es ist sehr schwer zu sagen, was ich fühle. Ich habe gedacht, dass ich mich stellen kann und muss, aus meiner Verantwortung, gegenüber denen, die nicht mehr sind, natürlich auch gegenüber euch, gegenüber denen, die noch leben, die ihr hier in einer anderen Art von Normalität lebt. Wisst ihr, früher gab es für mich hier auch Normalität. Es war... ich war ein Kind. Natürlich wusste ich, dass es Unterschiede gab. Aber unter uns, wir sind ebenfalls zusammen gesessen, da war Liebe, da war Gemeinsamkeit, die anderen Kinder, meine Freunde, meine Familie, die anderen Familien, der Zusammenhalt und all das... Das sind so viele gute Erinnerungen, auch wenn es nicht gut war... Es ist mein Leben, meine Kindheit und frühe Jugend. Wie kann ich davon erzählen. Es fällt mir sehr schwer, überhaupt zu wissen, ob das, was ich erzähle, tatsächlich wahr ist, oder ob es nicht etwas anderes ist, die Suche nach einem verlorenen Gefühl, das ich nicht mehr fühle, oder gemeint habe zu fühlen, die Bilder meiner Eltern, die Hände meiner Mutter, ihre Hand, die ich noch so gerne einmal halten möchte, ihre Wärme, die ich gespürt habe, ihre Stimme, die noch immer in meinem Kopf ist. Der aufrechte Gang meines Vaters, der sich nicht brechen ließ. Mein Vater. Ich weiß nicht, vielleicht habe ich versucht diese verlorene Zeit wiederzufinden, zu suchen, und deshalb habe ich gesagt, ja, ich werde diesen Auftrag annehmen."

Mara begann zu weinen. Ihre Tränen kamen ganz frei und natürlich aus ihr, die Trauer, die sie so lange in sich verschlossen hatte und sie wunderte sich selbst, dass sie all das gesagt hatte, als wäre es endlich möglich, als wäre da endlich ein Gegenüber, dem sie sich anvertrauen konnte und musste.

Die sehr alte Frau saß bei Mara am Bett und hielt ihre Hand. Ihre Augen waren blind, ihre Haut voller Altersflecken, faltig, hauchdünn und drohte jeden Moment an den verschiedensten Stellen aufzureißen, nie mehr heilen zu können. Sie war schätzungswiese um die hundert Jahre alt, ihre Lippen waren schmal, ihr Haar aschgrau, zu einem Dutt fest zusammengebunden. Sie war klein und zerbrechlich, ganz in sich zurückgezogen, als müsste sie jeden Moment verschwinden, und doch war da etwas an dieser Frau, das stärker war, das trotz allem da war, eine zähe und sämige Anwesenheit, die Mara sofort aufgefallen war.

Ja, sie hatte sie wieder erkannt. Tante Anne. Dass sie noch lebte, noch immer lebte, trieb Mara Tränen in die Augen. Die beherrschten Dämme konnten nicht mehr Stand halten. Mara fühlte sich wieder wie ein Kind. Auch Tante Anne weinte, doch bei ihr flossen die Tränen nicht, sondern nur ein kaum sichtbares Rinnsal, links aus ihrem Augenwinkel, das ob der Bergkette ihres Gesichts kaum die Kraft hatte, über ihre Wange zu fließen. Tante Anne summte eine Melodie, die Mara kannte, aus einer anderen Zeit, einem anderen Land, als noch alles so war, dass nichts mehr war, heute, wo so viel anders war, und doch war alles noch so, wie es gewesen war. Ginster, Mohr, Spaten.

Mara spürte die weiche Hand ihrer Tante, die eigentlich ihre Patentante war, eine Überlebende, aus einer anderen Zeit. Das war Mara hier ebenfalls. Trotzdem wusste sie in diesem Moment nicht, wer sie noch war, wer sie einst gewesen war, wer sie sein konnte. Es war finster. Die Freiheit, mit der sie hierhergekommen war, war eine Illusion. Das Gefängnis in ihr war niemals geöffnet. Es konnte nicht zerstört werden. Es würde immer vorhanden sein.

„Ich erkenne dich," sagte Mara, „Tante Anne, ich erkenne dich. Ich bin Mara, die kleine Mara, das Mädchen von Josef und Jasmin."

„Mara," flüsterte Anne, „Mara, Mara, Mara. Joseph und Jasmin. Das kleine Mädchen. Ich weiß nicht mehr. Aber deine Stimme, sie klingt bekannt. Sie klingt schön. Schön und traurig. Ein kleines Mädchen. Mein Neffe. Ich weiß es gar nicht mehr alles so genau. Es ist zu lange her. Ich weiß gar nicht, ob ich mich noch daran erinnere. Die Erinnerungen werden weniger. Mit der Zeit. Manches verschwindet sogar. Geht ganz weg. Manche Bilder. Das ist gut. Ich fühle mich leichter. Aber nicht nur die schlimmen Bilder, auch die guten verschwinden. Wie kann ein Mensch all das nur ertragen? Wie alt bist du noch einmal?“

„Ich bin dreißig Jahre alt,“ sagte Mara deutlich, „dreißig Jahre. Das Mädchen von Josef und Jasmin. Tante Anne.“

„Jasmin, ja,“ sagte Anne, „das kleine Mädchen. Sie ist oft zu mir gekommen. Ich habe ihr immer ein Stück Brot aufgehoben. Freilich, es war schon hart, aber sie hatte Hunger. Das arme Kind, dachte ich. Ganz mager war sie. Ihre rosigen Wangen, ihre weichen Haare und all die Kontrollen, die Wachen, die Schüsse. Es ist ganz so, als ob es noch immer wäre. Und so ein kleines Mädchen. Es weiß es gar nicht mehr anders. Dass ein Mensch so etwas ertragen kann. Die Befehle, das metallene Sprechen. Peng, Peng. Ich weiß nicht mehr, ob es noch lange geht. Es ist auch gut. Seit mein Paul nicht mehr ist, ist alles anders. Es war auch gut. Ich bin mir nicht sicher. Der Tod. Wo bin ich?“

Anne stand auf und blickte um sich. Taio reagierte schnell, nahm die alte Frau unter den Armen, bevor sie fiel und führte sie langsam nach draußen. Mara, mit Tränen im Gesicht, setzte sich im Bett auf, verspürte einen Schmerz und stand ganz auf. Tugba stand ebenfalls auf und nahm sie an der Hand. Sie führte sie nach draußen, wo Taio Tante Anne die Straße entlangführte, sie wohl nach Hause brachte.

Mara betrachtete den Mond. Die Straßen waren menschenleer. Das Abwassersystem floss ruhig dahin und ihr Herz wollte zerspringen. Schnell flüchtete sie wieder in das Haus und lehnte sich an eine Wand. Sie wollte weg, wusste aber, dass sie es nicht konnte. Irgendetwas hielt sie zurück. Sie musste es tun. Sie musste weitermachen. Wie früher. Sie musste zur Arbeit, in ihr Hotel. Sie musste wieder weitermachen. Es würde schon wieder weitergehen.

Nach einer Weile war da eine starke Hand, die sie an der Schulter berührte. Es war Taio. Der sie streichelte.

„Geht es," fragte er.

„Ja," sagte Mara, „es muss gehen. Ich kann nicht anders. Das schulde ich allen. Allen, die ich kannte, allen, die vor mir waren und denen, die noch kommen. Es ist meine Pflicht."

„Wir werden dich nachher zum Hotel bringen," sagte Taio, „wir werden dich zurückbringen. Wir haben ein Auto. Aber jetzt wollen wir zusammen sein. So schwer es ist. Wir werden nicht vergessen zu leben. Heute ist es anders, das weißt du ja selbst. Was früher so offensichtlich war ist heute ein System, das wir selbst gewählt zu haben scheinen. Hinter dem Wächter steht heute der Beamte. Niemand hatte sich darüber Gedanken gemacht, was passieren könnte. Die Bürokratie hat uns aufgefressen. Ich weiß auch nicht. Es war unsere eigene Wahl, denke ich oft. Und trotz allem, wir müssen uns unsere Menschlichkeit bewahren. Ich glaube, wir können viel von dir lernen, Mara."

Mara sah dem Mann in die Augen, der sie ansah und fühlte sich von ihm angezogen. Sie wusste nicht, was es genau war. Doch hier stand ein Mann, das wusste sie. Ein Mensch. Der vielleicht so fühlte wie sie. Vielleicht. Was er sagte, war etwas wirr. Er hatte sicherlich recht. Doch vieles von dem, was er sagte, waren Gemeinplätze. Vielleicht. Sie war sich da auch nicht so sicher. Aber da war etwas, das sie spürte. Das fühlte sie. Dann war dieses Gefängnis, dieses ewige Gefängnis, in das sie hineingeboren wurde, das sie nicht herausbekommen konnte aus sich, und die Realität, die Gegenwart, oder wie auch immer sie es nennen konnte, die auch nicht ohne Probleme war. Es musste immer etwas getan werden, aber es gab Unterschiede, zwischen dem, was alltäglich war, vielleicht gewöhnlich, wenn man es so nennen durfte, und dem, wogegen man sich wehren musste.

Was nicht im Rahmen war, in einem gegenseitigen Einverständnis, einer gerechten Gesellschaft. Mara fühlte diese tiefe Verunsicherung noch immer in sich. Sie konnte es nicht mehr beurteilen, obwohl sie es doch eigentlich beurteilen können musste, beurteilen konnte, obwohl sie doch eigentlich in der Lage sein hätte müssen, es anders zu sehen.

Mara hatte ihre Meinung. Das stand fest. Das war sie. Doch konnte sie dieses Dornengestrüpp auch durchdringen, das in ihr war, aufgeblasen, in alle Ecken greifend, ihre Gefühle und Gedanken stechend, die sich vorsorglich zurückzogen, auch wenn sie nicht gestochen wurden, all das, was außerhalb von ihr lag, von dem, was tief in ihr verschollen lag, Artefakte, Überbleibsel einer vergangenen Zeit, aufoktroyiert nicht von ihr, sondern von anderen, und noch heute vorhanden, nicht wegzumachen von ihr.

Zumindest kam es Mara so vor. Obwohl sie doch alles versuchte, um etwas zu ändern, etwas in sich, und außer sich. Finsternis.

Mara tanzte. Sie tanzte, wie sie vielleicht früher einmal getanzt hatte. Sie wusste es nicht mehr genau. Aber sie hatte getanzt. Das Tanzen war immer möglich. Auch das Singen. Mal leise, mal lauter. Diese Leute um sie herum. Die sie hier aufgenommen hatten, ohne dass sie sie gefragt hätte. Sie hatten sie aufgenommen. Es waren gute Menschen, die hier beisammen waren, die mit ihr tanzten, mit ihr redeten, sie umarmten. Ihr Geschichten erzählten. Von ihren Kindern. Von ihren Freunden, von Schicksalsschlägen, von seltsamen Begebenheiten und Ungerechtigkeiten, von Gier und Liebe, von Verwechslungen und Zwängen.

Doch über all dem lag der dräuende Schatten der Stadt, das unendliche Becken, das, was nicht mehr vereint werden konnte, das, was auseinander zu brechen drohte. Und trotzdem, hier in dieser Keimzelle, hier in den Baracken, in diesen Räumen, hinter den verschlossenen Türen und Fenstern, die blind zu sein schienen und es doch nicht waren, fand das Leben statt, lachten die Kinder, sangen die Männer, sangen die Frauen, summten die Wände. Hier war Licht, hier war Schatten, hier war das allgemein Menschliche, der Streit, die Liebe, die Versöhnung, die Grenze und die Tür. Hier war das, was überall sein sollte, hier war keine Verstellung. Eine Ehrlichkeit. Eine Schnittstelle. Hier war kein Schauspiel. Und wenn es ein Schauspiel gab, dann nur ob der allgemeinen Unterhaltung. Und wenn es etwas Boshaftes gab, dann nur im Rahmen dessen, was zu tolerieren war. Und wenn etwas über die Stränge schlug, dann waren sofort wieder Leitplanken und Linien, etwas das alles zusammenhielt, etwas, das sich für Mara anfühlte, als ob sie sich wirklich hier sicher fühlen konnte, als ob sie dazugehörte, hier aufgehoben sein könnte, im Gegensatz zu dem Raum, in den sie sich zurückgezogen hatte, in ihre eigene Einsamkeit und Verbannung. Hier war das Menschliche und dazu gehörte alles, was dazu gehörte. Denn das Nichtmenschliche fand darin keinen Platz.

Mara fragte sich, was eigentlich außerhalb lag, in ihrem Apartment weitab von dieser Stadt hier, ihrer Geburtsstadt. Natürlich hatte sie ihre Kollegen und auch Freunde, doch eine Familie hatte sie keine mehr. Und Beziehungen konnte sie ebenfalls nicht eingehen. Auch wenn sie es versucht hatte. Sie blieb immer fremd. Keine Heimat. Doch was war schon Heimat. Es schien ihr irgendwann leichter zu sein, keine Beziehung mehr einzugehen, auf die Liebe, die körperliche und emotionale Liebe zu verzichten. Das war einfacher. Vor allem, weil sie immer fremd blieb. Sie hatte Angst, verletzt zu werden. Wieder. Und immer wieder wurde sie verletzt. Sie konnte nie dazugehören. Zu was dazugehören.

Gedankenverloren tanzte Mara aber nun und lachte. Als Taio zu ihr kam und sie in den Arm nahm und sie mit sich drehte, zur Musik des Akkordeons. Zum Klopfen der Füße, zum Klatschen der Hände. Und wie sie sich drehte, in den Armen dieses Mannes. Er sie fest zu sich zog und sie von sich drehte. Wieder. Ganz so, als ob sie sich schon lange kennen würden, als ob sie ein Paar wären. Mara wollte in diesem Moment nicht mitdenken, wollte ihren Gefühlen den Raum geben, den sie sich erkämpft hatte. Doch irgendetwas tief in ihr hielt sie wieder zurück, aus Angst, wollte nicht heraus, hatte Angst, dass sie wieder verlassen werden könnte, dass sie wieder verlieren könnte, dass sie lieben könnte und dass ihr diese Liebe entrissen werden würde. Sie konnte dieses Risiko nicht eingehen. Es war einfach zu schrecklich. Wie konnte ein Mensch das ertragen.

Mara setzte sich erschöpft hin. Schweiß tropfte von ihren Schläfen. Taio setzte sich neben sie. Er nahm ihre Hand. Doch Mara zog sie schnell wieder weg. Verschämt sah sie ihn an und sah sofort wieder gen Boden. Übung hatte sie in sowas wirklich nicht.

„Ich glaube," sagte Mara nach einer Weile, „wir sollten nun gehen. Es ist schon spät. Ich habe eine Verpflichtung angenommen. Ich muss meine Arbeit erledigen. Das ist…"

„Natürlich," sagte Taio, „ich mache mich sofort fertig. Wir bringen dich zurück ins Hotel."

Taio ging zu Jan und Zeko, besprach sich mit ihnen und Mara betrachtete diese Männer, versuchte sich wiederzufinden, in dem, was sie angenommen hatte, in dem Gefühl, das sie hatte, als sie noch im Zug saß und einfach ihre Arbeit erledigen wollte. Bevor sie diese Stadt gefangen genommen hatte. Bevor sie bei der Kommandantin war. Bevor sie sich verloren hatte. Sie musste ins Hotel, endlich ins Hotel, um am nächsten Morgen ihre Pflicht zu erledigen. Es gab kein Zurück. Mara musste es tun.

Mara saß vor den Unterlagen, in diesem riesigen Komplex, unter all den Akten, dem Apparat der Herrschaft und der Macht. Türme, die in den Himmel wuchsen, Labyrinthe aus Daten, Kerkern und Verliesen, Beton, Holz und Stahl. Hier war das gesamte Wissen der Vergangenheit gespeichert, hier war der Ort, an dem nichts verloren ging. Graue Pedellen huschten durch die Gänge, unter den Armen Unterlagen, Ordner, Aufzeichnungsgeräte und Pakete. Der Ameisenbau entstand aus sich selbst. Doch hier herrschte keine Königin. Vielleicht früher einmal. Vielleicht. Nein, hier war alles völlig automatisiert. Niemand wusste genau, weshalb alles so ging, wie es floss, weshalb jemand unten war, jemand oben, jemand auf der Seite, links, rechts, seitlich oder verzerrt. Der Innenraum war der Außenraum.

Auch Mara saß vor einen Tisch, der nach seinem Wesen an alle Tische in diesem Gebäude erinnerte, täglich, neben ihr der Aktenkoffer, quasi ihr Handwerkszeug. Vor ihr Stapel, Ordner, neben ihr, ausgebreitet auf dem Tisch, neben einem Rollschrank, ein Wagen, Säcke, Kisten und auch ein Assistent. Der Junge musste gerade zu arbeiten angefangen haben. Er war sicherlich erst fünfzehn Jahre alt und machte hier seine Ausbildung, oder, wie man es nun nannte, seinen Begründungsdienst.

Mara verstand sich gut mit ihm. Er war höflich, bescheiden und schnell. Von seiner persönlichen Geschichte wusste sie nichts und doch schien es ihr, als ob er sich schon schnell mit seiner Prägung abgefunden hätte. Die fünf Linien unterhalb seines rechten Ohres waren so nichtssagend vielsagend wie alle anderen Einheiten auch. Er war einer unter den Vielen. Wahrscheinlich hatte er Träume, Hoffnungen und Fantasien, wer hatte die nicht, in diesem Rad des Glücks, das nach oben und unten ging, bei dem man hochstieg und wieder fiel, aber immer und allezeit in den Speichen des Rades blieb, kaum das eigene Rad selbst verkörperte, sondern ein Rädchen bildete, fest funktionierend, so lange es funktionierte.

Wie es mit ihr selbst ergangen war, wusste Mara nicht mehr. Ihre Eltern waren tot, ihre letzten Verwandten ebenfalls. Sie war allein. All das war viel zu lange her und doch waren 20 Jahre keine Zeit. Das Heim, in das sie damals gekommen war, nachdem die Stadt befreit wurde, beherbergte viele junge Frauen und Männer in ihrem Alter, die alle Dasselbe oder Ähnliches erfahren hatten, sehr verstört waren, letztlich doch aber voller Hoffnung, obwohl mit tiefer Schuld geprägt, die ihnen niemand erklären konnte, nachdem sie in die Traumatisierung gesetzt wurden. Viele versuchten zu vergessen, zu verdrängen und von neuem zu beginnen. Mara wollte das nie gelingen. Auch wenn sie nach Außen hin den Schein aufrechterhalten konnte, selbst eine Berufsausbildung machte, studierte, um zu der Exterminatorin zu werden, die sie war, so konnte sie doch nicht aus dem heraus, was sie erlebt hatte, aus dem Umfeld, aus dem sie geschöpft hatte, entstiegen war, herauswuchs und einzementiert wurde.

„Ich mache dann meine Pause," sagte der Assistent, der etwas erschöpft aussah und wirklich eine Pause brauchte.

„Ja," sagte Mara, „entschuldigen sie, ich habe nicht auf die Uhr geachtet."

Es stimmte. Die Zeit war schnell vorangeschritten, während Mara halbautomatisch ihre Tätigkeit ausgeführt hatte, wie eine Maschine vor der Maschine, eine Weberin am Webstuhl, eine Organistin am Organon. Die Konten waren aufgestellt, die Buchungssätze verbucht, übertragen und gespeichert. Alles war an seinem Platz. Alles schien seine innere Ordnung zu haben. Wenn es lief, dann kamen meist keine Ungereimtheiten mehr. Kleine Fehler konnten schnell ausgemerzt werden. Sobald das System stimmte, stimmte das System. Daran gab es nichts zu rütteln. Flüchtigkeitsfehler blieben Flüchtigkeitsfehler und waren schnell bereinigt. Das war ihre Arbeit. Dafür wurde sie beauftragt. Doch was sie eigentlich finden sollte, was man vermutete, dass sie finden könnte, oder auch nicht, dass eine Art Ordnung gesucht wurde, eine Ordnung hinter der Ordnung, ein heimliches Curriculum, das blieb offen.

Mara hatte schon genug durchaus sehr kreative Verschleierungstaktiken mitbekommen, aber das System blieb immer das System. Einen Seeräuberschatz konnte man nicht verschwinden lassen, man konnte ihn vergraben, ob auf einer einsamen Südseeinsel oder tief im Keller, das war einerlei, früher oder später tauchte er wieder auf. Nichts blieb verschwunden. Es war alles vorhanden zu jeder Zeit. Es kam nur auf die richtigen Daten an.

Nachdem der Assistent gegangen war schritt Mara unruhig durch den Raum. All die Unterlagen, die hier vor ihr ausgebreitet lagen, beunruhigten sie. Sie wusste nicht, was sie erwartete. Sie examinierte hier keinen Geschäftsbetrieb, kein industrielles Umfeld, sondern ein Stück Geschichte, das vielleicht eher eine ganze Bürokratiemaschinerie genannt werden konnte. Vielleicht war es selbst einmal verwaltungstechnischer Natur gewesen, so konnte es aber jetzt nicht mehr genannt werden. Dafür war zu viel passiert.

Mara ging auf den Gang. Es war wieder spät geworden. Zum Glück gab es hier allezeit Nachtarbeit und einen speziellen Fahrdienst für die Mitarbeiter. Sie würde sicherlich nicht mehr alleine durch die Stadt gehen. Der Gang war leer, gähnend leer, verlor sich in der Unendlichkeit seiner Biegungen, bis er nicht mehr sichtbar war, ein Möbiusband vielleicht, auf dem die Ameise ständig auf der gleichen Seite lief und vielleicht doch auf beiden Seiten, auf das kam es auch nicht mehr an. Sie bemerkte es sowieso nicht. Die Seiten waren gleich. Das Zentrale war die Ausweglosigkeit. Der Ausblick änderte sich. Der Weg blieb gleich. Kein Ausweg.

Mara lief in die entgegengesetzte Richtung. Auch wenn der Ameisenbau riesig war, so war sein Aufbau doch logisch. Alles war beschriftet, die Buchstaben des Alphabets boten genug Möglichkeiten, gekoppelt mit der natürlichen Zahlenreihe, um ein komplexes System zu regeln und zu ordnen. Unendlich. Zwei Seiten.

Mara war in einem der Aufenthaltsräume, hatte sich einen Becher mit heißer Suppe aus einem der Automaten geholt, mit einer der Münzen, die sie immer bei sich hatte und versuchte zu fühlen, wo sie eigentlich war, was das hier früher gewesen war, welche Menschen hier gewirkt hatten und wie sie es empfunden hatten, das zu tun, was sie taten. Die Vergangenheit entstand vor ihr. Ein junger Mann in Uniform schritt schneidig den Gang entlang. Eine ältere Frau grüßte, mit ein paar Bögen in der Hand, die auf die Unterschrift ihres Vorgesetzten warteten, der seinerseits in seinem Büro darauf wartete, zu unterschreiben und sie weiter zu leiten an die Zentralstelle, wo alles, den bestimmten Fall betreffend, gebündelt wurde, ausgewertet und schließlich ausgeführt werden musste und sollte. Der Syllabus ging seinen Weg, war die Quelle des Handelns, leugnete jegliche Zweifel und wanderte nach dem Verlust seiner Funktion, die nun nur noch ein Archivierbares war, eben zurück ins Archiv, wo er für die Ausführung eines Auftrags zu bürgen hatte, die Gesamtheit selbst verkörperte. Gab es Fehler, was fast nie vorkam, wurde er wieder herangezogen, verwies auf sich selbst, im undurchdringlichen System, doppelt unterschrieben, zurückgeführt, wanderte zum Exterminator, der die Stationen abnahm, hin zu dem oder den Verantwortlichen, welche den oder die Fehler im Syllabus, wie gesagt wurde, ausmerzen konnten.

Es war nicht nur der Ameisenbau, es war der Syllabus, der funktionierte, der keinen Anfang und kein Ende kannte, keine Königin und keinen König. Der Syllabus war ewig. Auch wenn es Vorsitzende gab, Leiter und Herrscher, so waren auch nur diese Teil des Syllabus selbst, von dem sie nicht wussten, durch welche fast natürlichen Gesetzmäßigkeiten er beherrscht wurde. Denn der Syllabus war keine höhere Macht. Er war eine Funktion, die nie endete, eine Prägung, aus der man zwar ausbrechen konnte, um in ihr auf- oder abzusteigen, wenn auch nur selten und mit großer Anstrengung, aber heraus kam man nie. Es gab Biografien, die den Syllabus durchdrangen, die von der reinen Daseinsebene zur Kommandoebene gelangten und wieder zurück, doch innerlich stets dahin gehörten, wo sie herkamen. Der Syllabus war wie eine Membran, die sich weitete, interlingual und multifaktorisch, horizontal und vertikal, auf der Makro und Mikroebene, die man sogar weiter ausdehnen konnte, die am Ende aber wie ein Kalmar immer um einen blieb, immer in sich geschlossen, etwas umschließend, monadisch, nomadisch, aquatisch, nautisch.

Maras Vater verglich den Syllabus oft mit einem Menschen, auch wenn sie später sehr daran zweifelte. Zumindest erzählte er ihr das, bevor sie einschlief. Er meinte, dass es Menschen gab, die unbedingt an dem festzuhalten versuchten, von dem sie dachten, dass es wirklich und richtig sei. Wichtig aber, so ihr Vater damals, sei eine persönliche Entwicklung, ein Prozess, die eigene Erfahrung, das, was im Austausch mit den Anderen entstünde. Toleranz und Gemeinschaft. Das sei vielleicht nicht einfach, so aber doch das, was sie zu Menschen mache, auch wenn sie im Syllabus gefangen waren. Ihr Vater sagte Mara früher stets, dass nicht ihre Wärter die Bösen wären, oder schlecht, sie würden sich nur dem Syllabus fügen. Der Syllabus sei dabei zwar keine Person, würde aber trotz allem wie eine Person reagieren und handeln, eben indem er mit Personen aufgefüllt und belebt wäre, was sie damals und auch heute nicht verstand.

Mara hatte die Suppe ausgetrunken und ging wieder weiter. Nein, eine Königin gab es im Ameisenbau nicht. Auch die Ameisen ruhten. Vielleicht waren die Ameisen hier ewig. Vielleicht waren sie das Möbiusband. War der Ameisenbau selbst die Königin, mit seinen Gängen und Labyrinthen, den Minotauren und Ariadnen, den Fäden und Hörnern, dem Stier, dem Blut und dem Geld.

Mara fühlte sich unwohl. Sie lief die Gänge entlang, und verlor sich. Endlich gelangte sie zu einer Außenwand, öffnete eine der Türen zum Treppenhaus und gelangte nach einem langen Aufstieg zum Dach. An einem der Geländer stehend sah sie nach unten in die Baracken, dachte an Taio, an Jan, Zeko, Tugba und all die anderen, die Kinder und die Menschen, die sie vor kurzem noch gar nicht gekannt hatte und die ihr jetzt so seltsam vertraut waren, die sie zu sich aufgenommen hatten, in einem Moment, wo sie ins Nichts gefallen war, das sie überrannt hatte, ausgeweitet und erdrückt. Mara wischte sich mit dem Daumen über die Lippen. Ihr Philtrum pulsierte. Wäre es ihr möglich, etwas zu spüren?

Auf dem Rückweg in ihr temporäres Büro verfranzte sich Mara in den Stockwerken und Gängen des Ameisenbaus weiter und weiter. Sie konnte den Weg nicht mehr finden. Keine Brotkrumen lagen verstreut. Keiner war da, den sie noch fragen konnte, alle schienen schon längst nachhause gegangen zu sein. Doch das konnte nicht sein. Mara war zutiefst irritiert, da es hier unzählige Leute geben musste, die Schicht für Schicht den Syllabus am Laufen hielten.

Vielleicht war sie im falschen Flügel, in der falschen Abteilung. Wahrscheinlich sogar. Denn auf das Historische wurde hier wohl lange Zeit nicht mehr viel Wert gelegt. Es gab lediglich die durchlaufenden Posten, die stellenweise, noch immer von denen bearbeitet wurden, die in diesen Kreisen geboren wurden. Auch wenn es andere gab, so waren es doch die Kinder derer, die hier schon immer waren. Hieraus gab es kein Entkommen. Das wusste jeder. Auch wenn Mara selbst entkommen war, so blieb sie doch immer noch hier, dort in der alten Siedlung, als Gefangene, das wusste sie nun wieder. Es wäre nie vorbei. Man blieb, wo man war, wer man war, auch wenn sie herausgeholt wurde, befreit. So blieb sie doch allezeit, und wenn auch nur innerlich, gefangen. Der Syllabus war allmächtig.

Mara musste stehenbleiben. Sie war zu schnell gegangen. Wieder spürte sie das Stechen im Herzen. Wieder lehnte sie sich gegen die Wand. Sie spürte das Loch, das in ihr war. Sie spürte den Schmerz. Sie spürte, dass ihr Körper sie im Stich lassen könnte. Das war ihre größte Angst. Wenn es so weit wäre, könnte sie nichts dagegen tun. Es wäre nicht ihre Entscheidung, wenn ihr Körper sie im Stich lassen würde. Wenn ihr Herz aufhören würde zu schlagen.

„Entschuldigung," sagte eine Stimme.

Mara schrak hoch. Eine ältere Dame stand vor ihr, ganz silbern, mit hochgesteckten Haaren, grauem Kostüm, weißer Bluse, bleichen Lippen, bleichem Gesicht und grauer Brille, die ihr an einem grauen Strick um den Hals hing, über ihre großen und wogenden Brüste baumelte.

„Haben sie sich verlaufen," fragte die Frau, „das passiert hier öfters. Sie sind wohl neu hier? Na, kommen sie, sie sehen ja ganz erschöpft aus, kommen sie mit zu mir herein, ich bin gerade fertig geworden, ich trinke jetzt noch einen Kaffee und dann werde ich mich langsam daran machen, nachhause zu gehen. Trinken sie doch einen Kaffee mit mir.

Kommen sie, wir trinken zusammen einen Kaffee. Ich bringe sie auf dem Rückweg dann dorthin, wo sie hin müssen, das macht mir nichts aus. Ich mache das gerne. Man sieht ja hier kaum jemanden. Kommen sie nur rein, meine Liebe. Erzählen sie mir von sich. Erzählen sie mir, was sie hier machen. Ich sehe ja hier kaum noch jemanden um diese Zeit. Und unter Tags, da kann man ja gar nicht mehr reden. Da ist ja alles nur noch ein Geschäft und ein Flugs und Schnell und Erledigen und Schnell und Schnell und Erledigen und ein Hopp und ein Hipp.“

Nachdem sich Mara mit einem Kaffee im Büro von Frau Benn, so war ihr Name, etwas erholt hatte, konnte sie sich wieder sicher sein, dass ihr Körper sie nicht verließ. Auf dem Bürotisch stand eine Vase mit Astern, die herb dufteten. Jetzt fühlte Mara sich besser, auch wenn ihr Kopf noch hämmerte, ihr Gehirn platzen wollte. Frau Benn hatte ihr die ganze Zeit Geschichten erzählt. Dass sie hier als junges Mädchen, direkt nach der Befreiung angefangen habe, es als ihre Aufgabe angesehen hätte, hier zu arbeiten, das Unbegreifliche aufzuarbeiten und letztlich doch selbst versunken sei in der Unmöglichkeit dieser Arbeit, selbst gesehen hätte, dass niemand durchgedrungen sei, dass alles nur eine einzige Wand an Berechnungen und Entscheidungen gewesen sei, dass zu den Menschen niemand hätte vordringen können, dass alles nur und immer verborgen bleiben hätte müssen. Sie habe irgendwann aufgehört, zu hoffen und sich in ihr Schicksal ergeben, nichts ändern zu können, sowieso nicht, vielleicht, so aber doch letztlich auch die Hoffnung aufgegeben, etwas aufzudecken und sich lediglich damit begnügt, das zu tun, was sie jeden Tag und hier mit ihrem kleinen Dienst an der Vergangenheit und für eine andere Zukunft beitrug. Auch wenn das nicht gerade von Erfolg gekrönt gewesen sei, wie sie fröhlich lachend nicht müde wurde mitzuteilen.

Mara lachte ebenfalls und fühlte sich in der Gegenwart von Frau Benn ganz ausgeglichen. Sie verstand die alte Dame, die ihr sympathisch war und verstand auch, dass es für Menschen unmöglich war, das zu durchdringen, was nicht vom Menschen geschaffen wurde, obwohl sie sich da nicht ganz so sicher war. Vielleicht war auch der Syllabus nur der Beginn einer Grausamkeit, die vielleicht doch aufzuhalten gewesen wäre. Mara wusste es nicht.

Mara hatte Frau Benn ebenfalls alles erzählt, seitdem sie hier war, von dem, was einst gewesen war. Frau Benn hatte ihr aufmerksam zugehört und war ganz fasziniert von Mara, versprach ihr jegliche Hilfe und Beistand. Frau Benn fasste Vertrauen zu ihr und Mara wiederum zu ihr. Zwei Generationen, die etwas verband, das sie selbst zwar wussten, aber nicht lösen konnten. Frau Benn hätte Maras Mutter sein können, das war beiden bewusst.

Sich angeregt unterhaltend gingen die beiden die Gänge entlang. Frau Benn brachte Mara zielstrebig und ohne große Verzögerungen zu ihrem Büro zurück. Darin besah sie sich die Akten und staunte.

„Um Gottes Willen, Kind," sagte Frau Benn, „da fehlt ja die Hälfte. Das ist ja ein ganzes Durcheinander. Zeig einmal, was du getan hast? Das sind ja ganz falsche Schlüssel. Hier, die Lieferung passt überhaupt nicht zum Jahr. Hier hat jemand keine Ahnung gehabt, was er tut."

„Ist mir auch schon aufgefallen," sagte Mara, „das wird eine ganz schöne Arbeit für mich werden. Ich muss alles einsortieren, um es wahrscheinlich danach wieder auszusortieren, weil die Lieferungen bestimmt öfter verändert wurden, so dass es völlig unübersichtlich werden wird und sich am Kernbestand wohl kaum etwas ändert, aber ich kann nicht einfach von vorne anfangen oder die neusten Lieferungen verwenden und zu Beginn einsortieren, oder wie man auch immer will. Dahinter steckt natürlich Kalkül. Das habe ich mir schon gedacht. Es wird viel Arbeit, ja. Am Ende bleibt sich vielleicht auch alles gleich. Es gibt ja nicht mehr Platz. Der Syllabus wird ja nicht mehr. Es wird nur einsortiert und aussortiert. Die Schlüssel haben sich geändert, natürlich, das hab ich schon bemerkt, aber es ist ziemlich verzwickt dahinter zu kommen. Es wird etwas komplexer, ja. Aber dafür bin ich ja da.“

„Nein, das verstehst du nicht, Schätzchen,“ sagte Frau Benn, „man hat dir falsche Schlüssel gegeben. Das ist kein Zufall. Ich kenne die von damals ja noch. Die sehen nur aus, als ob sie vertauscht wären und als ob jemand etwas nicht verstanden hätte, etwas falsch eingeordnet hätte. Das sind die falschen Schlüssel. Ganz klar. Diese Schlüssel gab es nie. Das sind Substitutionsschlüssel. Das haben sie früher schon gemacht, um etwas zu chiffrieren. Ich habe das schon einmal gesehen. Vor zwanzig Jahren. Als ich hier angefangen habe. Damals ging es um…“

Frau Benn verstummte. Mara sah sie an und wusste nicht, was sie fragen sollte.

„Entschuldige mich,“ sagte Frau Benn, „es ist spät, ich muss gehen.“

Mara saß wieder allein an ihrem Schreibtisch. Das plötzliche Verschwinden von Frau Benn war völlig überraschend für sie. Mara konnte sich gar nicht mehr von ihr verabschieden. Sie sah nur noch wie sie sich auf dem Gang entfernte, war ihr ein Stück hinterher gelaufen, doch Frau Benn war längst verschwunden. Was hatte diese Frau gesehen, bei ihr, an was hatte sie sich erinnert, das ihr so eine Angst machte.

Mara sah über die Akten, verglich die Schlüssel und konnte nichts Ungewöhnlicheres daran finden, als das, was ihr aus ihrer langen Arbeitserfahrung nicht schon bekannt gewesen wäre. Ein Ameisenbau blieb ein Ameisenbau. Die einzelne Ameise war darin schwer zu finden. Trotz alledem hatte sie eine Funktion. Verschwand sie, ging es weiter. Sie wurde ersetzt. Doch der Bau blieb in Betrieb. Außer, ein Kind trat den Bau zusammen oder schlimmer noch, leerte Feuerzeugbenzin darüber und zündete ihn an. Aber das würde hier sicherlich nicht passieren. Der Ameisenbau war schließlich kein realer Ameisenbau, sondern ein hochkomplexes Gebäude, ein Verwaltungsapparat für den Syllabus, der hier seit fünfzig Jahren bestand und seine Vorläufer noch viel weiter zurückverfolgen ließ.

Mara besah sich die Schlüssel und wusste selbst, dass es nicht die Richtigen waren, konnte aber nicht erkennen, was ihr Frau Benn mit den falschen Schlüsseln sagen wollte. Sie konnte es nicht erkennen. Irgendetwas stimmte mit den Zahlen nicht. Mara nahm sich einen neuen Ordner, der sich zum Vorigen in Nichts unterschied, nicht einmal von den relativen Zahlen, sondern nur eine kumulative Nummer weiter war, ein weiteres Jahr, eine weitere Varianzkonstante, ein weiterer Monat, der sich selbst wiederholte, die Jahre stiegen an, die Monate stiegen an, fielen wieder. Die Tage. Dreißig, Einunddreißig, einmal Neunundzwanzig, ganz selten Achtundzwanzig. Konstanten, Variablen, Zeit- und Raumverschiebungen, nichts weiter. Dann begann wieder die Eins. Undsoweiter. Die Namen änderten sich, am Ende blieben sie aber doch ähnlich oder gleich, die Personen, die dahinter lagen, jeder ein Einzelner, jede eine Einzelne. Die Kinder, die Alten, die Toten. Die Maschinen, die Tiere, die Kleider, das Basale.

Mara verstummte. Nichts war mehr zu hören. In Maras Kopf war eine Leere, die sich tief bis in ihren Magen ausbreitete. Wieder spürte sie einen Stich im Herzen. Wieder erinnerte sich Mara an ihr Gefühl des Gefangenseins, wieder erinnerte sie sich daran, wie es war, damals, als so viele verschwanden, als so viele nicht mehr auftauchten.

Es waren die Kinder, die fehlten, ja.

Mara blätterte sich schnell und wahllos durch verschiedene Ordner, kniete auf den Boden, nahm einen Ordner um den anderen, verglich die Schlüssel, glich ab und bemerkte das, was unausweichlich war.

Die Kinder fehlten.

Als Mara im Taxi saß, war sie völlig neben sich. Das Taxi fuhr sie zu ihrem Hotel. Doch sie wusste, dass sie dort jetzt nicht bleiben konnte. Sie stieg zwar am Hotel aus, wartete aber ab, bis das Taxi, da es ja zum Komplex des Ameisenbaus gehörte, weiterfuhr, um keine Aufmerksamkeit zu erregen, rannte danach aber sofort weiter, ein paar Straßen weit, völlig außer Atem, sah bei einem kleinen S-Bahnhof ein Taxi, in das sie stieg und mit dem sie in die Baracken fuhr.

Mara verkroch sich in den Rücksitz, als wäre sie nicht vorhanden, als schützte sie sich vor jeder Beobachtung. Die Lichter der Stadt flogen an ihr vorbei wie Kameraaugen, wischten über ihr Gesicht, sogen sie auf, als würden sie jede Sekunde benötigen oder zerstören. Mara wusste nun, was sie zu tun hatte. Sie hatte sich entschieden. Mara konnte nicht mehr zurück. Mara wollte nicht mehr zurück. Mara würde nicht wegsehen, auch wenn an diesem Ende vielleicht der Verlust all ihrer Sicherheiten stehen würde, ihre Arbeit, ihre Wohnung und das, was sowieso nicht vorhanden war, sie überhaupt nicht benötigte. Nein, sie wollte nicht länger schweigen. Sie konnte nicht mehr schweigen. Vielleicht war sie deswegen auch hier.

Warum aber fühlte sie sich wieder schuldig. Warum fühlte sie sich noch immer gefangen. Nur deshalb war sie gekommen. Jetzt erst verstand sie, dass dies ihre Aufgabe war. Sie hatte den Fehler gefunden. Die Kinder wurden aus dem Archiv getilgt. Aber wo waren die realen Kinder. Was hatte man mit ihnen getan. Was war mit ihr selbst geschehen. Sie war eine der wenigen. Wie konnte sie das nicht sehen. Wie konnte sie so blind sein. Mara war völlig verwirrt. Einerseits wusste sie, dass die Kinder fehlten. Andererseits wusste sie nicht, weshalb das keiner gesehen hatte. Aber Mara dachte zu schnell und zu viel und in jede Richtung zu weit und doch zu wenig. Sie versuchte sich zu beruhigen. Sie versuchte sich zu sagen, dass genau hier der Fehler im Syllabus lag. In ihrem Gedankengebäude, das gar nicht ihres war, nie gewesen war. Es war nicht die Realität, die das übersehen hatte oder übersehen wurde, es waren nicht die realen Kinder, die gerettet wurden, die realen Kinder die fehlten, die Erwachsenen die gerettet wurden, die fehlten, nein, es war die Macht des Syllabus, der etwas verschleierte, das in seiner Auswirkung viel schrecklicher zu werden drohte, als es sowieso schon war. Es war das Ausmaß dessen, was denen angetan wurde, die noch da waren, das, was noch immer in ihr und außerhalb von ihr war. Es war eine rigide Form, unbeugsam und doch so leicht zu durchdringen. Es gab kein Hundertprozent. Womöglich.

*

Ein Feuer loderte in den Baracken und Sirenen waren zu hören. Die Nacht war erleuchtet. Kein Stern am Himmel zu sehen. Das stetige Rauschen des Verkehrs war allerdings noch lauter. Ein schwarzer Block in einer noch schwärzeren Finsternis. Mara war mittlerweile bei Taio und den anderen. Sie hatte ihnen von ihrer Entdeckung erzählt, dem Wahnsinn, wie sie nun spürte, der im Syllabus steckte, diesen so genannten Ontokonten, in denen sich wie in der Landwirtschaft lebendige Wesen befanden, in dem Fall aber keine Kühe, die auf die Kasse gebucht wurden, sondern Menschen.

„Ich kann das nicht glauben,“ sagte Tamila, die ganz aufgeregt zwischen den Räumen hin und her lief, als wollte sie etwas holen, das aber gar nicht da war, „ich verstehe das nicht.“

„Beruhige dich,“ sagte Jan, „es ist zwar unglaublich, aber wir wussten es ja schon lange. Es ist nur ein weiterer Stein, eine weitere Ebene des Unfassbaren.“

Mara überlegte und sah in die Gesichter der ihr nun vertraut gewordenen Menschen, spürte den Blick der Wände auf ihr, die Holzbretter, das Rot, das Unausweichliche.

„Wir müssen jedenfalls etwas tun,“ sagte Mara, „deshalb bin ich hierhergekommen. Aus diesem Grund bin ich hier.“

„Ich helfe dir,“ sagte Jan.

Die anderen diskutierten, ob es nun gut für sie sei, dieser eigentlich Fremden zu helfen, etwas zu tun, gegen das, was schon so lange in ihren Köpfen umherirrte, gegen das, was sie nicht verstanden, was sie eigentlich ablehnten und aus dem sie doch nicht entkommen konnten. Ein apokalyptischer Ton lag in der Luft. Ohne es zu merken, hatte Taio Maras Hand genommen. Mara sah ihm in die Augen und wusste, dass sie ihm vertrauen konnte. Sie war nicht die einzige Gefangene. Das spürte sie. Sie hatte eine Grenze überschritten, für die sie sich entschieden hatte.

Mara stand auf und erklärte allen, dass sie in den Ameisenbau gehen könnten, um dort ein paar der Akten zu finden und nach draußen zu bringen. Der Ameisenbau war zwar ein Hochsicherheitssystem. Aber trotz alledem wäre es möglich. Es wäre zwar gefährlich, sagte Mara, vielleicht, man könnte gefasst werden und eingesperrt, aber es wäre möglich etwas nach Draußen zu bringen, etwas zu tun, eine Art Exempel zu statuieren, das gefangene Innen zu entreißen, einen Beweis hervor zu holen, der den Wahnsinn belegte.

Damit wäre einiges gewonnen, wie nicht nur Mara auffiel, sondern den meisten Anwesenden, auch wenn einige von ihnen zögerten und sich zurückhielten. Allen voran Taio, der noch gar nichts gesagt hatte, der stumm auf einem Stuhl in der Ecke gesessen hatte und sich seinen Gedanken überlassen hatte, die Worte und die Diskussion, die vor ihm abgelaufen war an sich vorübergehen ließ, sie aufnahm und selbst vielleicht eine Entscheidung traf, die niemand der um ihn her Debattierenden wissen konnte.

Plötzlich klopfte es hektisch an der Außentür. Jan machte die Tür vorsichtig auf, nur einen Spalt, die kurze Kette ließ er im Anschlag.

„Es brennt," sagte eine Stimme gehetzt „es brennt, wir müssen weg. Wir müssen… Es brennt."

Jan öffnete die Tür nun ganz, aber die Stimme war schon verschwunden. Auf den Straßen liefen mehrere Menschen, der Himmel war erhellt von einem Feuer, das im oberen Teil der Stadt brannte und das mittlerweile zu den Baracken übergegangen war. Die Menschen versuchten sich zu warnen. Eine Panik herrschte, die unkontrollierbar zu werden drohte, weil keiner in den Baracken wusste, ob es sicher war hier zu bleiben, ob die Stadt sicher war. Aber die Stadt war sicher, das war ein Gesetz.

„Wir müssen weg," sagte Jan.

Die anderen packten ein paar Sachen und machten sich auf den Weg. Taio hatte Mara am Arm gepackt und sie hinter sich her gezogen. Mara war paralysiert. Sie ließ alles mit sich geschehen. Sie betrachtete den feuerroten Schweif über der Stadt, der sich über die Baracken ausgebreitet hatte, hörte dem Geschrei und den Sirenen zu und erinnerte sich an früher, als es hier ebenso gewesen war, als die Schreie und das Lodern hier herrschten. Die Schüsse. Der Rauch. Weltuntergang.

Mara befand sich mittlerweile mit Taio, Jan, und Zeko in der U-Bahn. Sie waren eine Weile gefahren. Aus der Stadt raus, wie Mara bemerkte. Aber sie wusste es nicht genau. Die Stadt war einfach zu weitläufig, kein genauer Anfang, kein Ende. Die Züge waren voll, dicht gedrängt und die Menschen waren verunsichert. Sie wollten weg. Das konnte Mara spüren. Sie nahm dies alles wahr und fühlte in sich diese lebenslange Leere, die sie innerlich schreien ließ, diese Versteinerung, die sie nicht aus sich heraus bekam, egal was sie versucht hatte. Es ging immer weiter. Doch etwas war anders. Nun hatte sie sich eingelassen. Und sie war nicht allein. Das war ein großer Unterschied. Wie alles gekommen war, das wusste sie nicht. Es war geschehen. Auch wenn sie sich gewehrt hatte, nun war sie mittendrin.

Wieder draußen, als verginge die Zeit rasend schnell, folgte sie dem Strom von Menschen, die alle zu einem bestimmten Ziel strömten. Taio hatte sie noch immer an der Hand. Sie vertraute ihm, ließ sich einfach mitnehmen, wohin auch immer. Schüsse fielen. Schreie. Panik. Die Menschenmasse zerfiel. Der Einzelne konnte sich nicht mehr aus dem Strom herausheben, er erstickte, versank, ertrank. Das Menschenmeer wogte. Es war eine Einheit, die zuvor funktioniert hatte, jetzt aber irritiert wurde. Wieder Schüsse. Nebel. Berüstete und schwer bewaffnete Soldatencordons stürmten die Menge. Sie hatten Gasmasken an. Ohnmacht. Knüppel, die wahllos auf Köpfe trafen, Körper, die gen Boden fielen, übereinander, ohne Kontrolle. Blut.

Mara war immer noch an Taios Seite, der sich stark gegen die wogende Menge stemmte, Mara umfangen hielt, sich fast tänzerisch mit ihr unter den Leibern wand und es schließlich schaffte, durch eine Flucht in den Betonwänden hindurchzukommen, hinter einem Zaun zu verschwinden, unbemerkt von der Soldateska.

Taio und Mara rannten. Sie rannte ihm hinterher. Es war ihr egal wohin, nur weg. Ihr Herz raste wie verrückt. Sie musste nur entkommen, egal wohin, egal woher, es musste sein. Wieder peitschte ein Schuss durch die Nacht. Mara blieb wie versteinert stehen. Sie konnte die Schemen des

Soldaten erkennen. Taio rannte zu ihr zurück und packte sie erneut, zog sie mit sich. Wieder ein Schuss. Der Soldat lief ihnen ebenfalls hinterher.

„Du darfst nicht stehen bleiben," schrie Taio, „vertraue mir. Ich weiß einen Weg."

Mara versuchte mit Taio Schritt zu halten. Der Soldat rannte ihnen unermüdlich hinterher. Eine Maschine, ein organischer Panzer. Im Zweivierteltakt ließ er seine Schüsse fallen, kontrolliert, manchmal in die Luft, manchmal gen Boden. Er demonstrierte seine Macht, wusste aber selbst, dass er erst zu ihnen aufschließen musste. Nichts anderes beherrschte das Denken des Soldaten als die dissektive Diagnose von Zeit und Raum. Taio und Mara stampften über den immer schwerer zu durchschreitenden Boden, der unter ihnen nachgab, schlammig wurde, feucht und schwer zu durchdringen.

Bald waren sie am Wald angekommen, der sie wie ein Schoß aufnahm. Gebüsch und Gestrüpp. Sie hatten höchstens einhundert Meter Vorsprung vor dem Soldaten, der ebenfalls Mühe hatte, zu den beiden aufzuschließen. Als er sie im Wald verschwinden sah, blieb er kurz stehen, eine taktische Ausrichtung, und feuerte mit seinem Gewehr einige Salven in den Wald. Gelb leuchtende Kugeln kullerten über den Boden, prallten von Baumstämmen ab und hüllten die dichten Stäbe des Holzes in einen unwirtlichen Farbzwischenraum, ein Zwielicht aus Gittern, Schatten und Formen.

Der Soldat war ebenfalls im Wald angekommen. Wieder schoss er ein paar Leuchtkugeln zu allen Seiten. Schwer atmend versuchte er das Terrain zu sondieren. Dabei konnte er niemanden finden. Der Wald war erleuchtet. Doch die beiden waren verschwunden. Einige Zeit hetzte sich der Soldat nun sichtbar aus der Fassung gebracht, doch immer noch vorsichtig und bestimmt, mit seiner Pistole im Anschlag, um dicke Baumstämme, hielt die Luft an, versuchte die Verfolgten aus ihrem Versteck zu locken, ihnen ein Geräusch abzuringen, sie herauszukitzeln. So wie die Maus den Käse.

Bald rief er nach ihnen, sagte, dass ihnen nichts passieren würde, dass er nur seine Pflicht tun würde und sie eigentlich beschützen wollte. Seine Stimme klang kalt und monoton. Die Worte waren nicht seine. Auswendig gelernte, verinnerlichte Beschwörungen und Manipulationen, die gerne manipuliert hätten. Die Wälder seien gefährlich, doch nichts rührte sich. Wieder schoss er ein paar Leuchtgranaten, soweit es ging, wieder leuchtete der Wald, bis schließlich alle künstlichen Glühwürmcheninseln erloschen waren. Stille.

Der Soldat klappte das Antlitz seines Helmes nach oben. Es half nichts, er hatte sie verloren. Enttäuscht wandte er sich ab. Eine Furcht wand sich sein Rückenmark empor. Die Bestrafung würde folgen. Doch der Wald hatte die Verfolgten verschluckt, eher aufgenommen und bot ihnen einen Schutz, den der Soldat nicht niederreißen konnte. Zeit und Raum waren aus den Fugen. Ausgetrieben. Dagegen konnte er nichts tun. Damit hatte er auch nichts zu tun. Er musste funktionieren. Der Wald hatte seine eigenen Gesetze, seine tiefe und undurchdringliche Passage, die ständig brummte, den Boden lockerte, Unebenheiten herstellte, eine Oberfläche schuf, aus sich herauswachsen ließ. Peripherien. Polygone. Tesserakte. Fuchsbau. Vogelnester. Kronen und Höhlen. Laub und Moos. Undurchdringlichkeit.

Eng umschlungen lagen Mara und Taio unter Reisig geborgen. Mara sog die Luft tief in sich auf, spürte auch Taio, der wieder zu leben begann. Es war als hätten die beiden eine Ewigkeit nicht geatmet. Aber sie hatten es geschafft. Der Soldat war weg. Sie hatten ihn wirklich abgehängt, wie es schien. Doch noch vertrauten sie der Stille nicht ganz. Dennoch begannen sie wieder ihre Körper zu spüren, die sie vorhin eins werden ließen. Mara spürte die festen Arme von Taio um sich, der ebenfalls Maras Körper spürte, ihren Herzschlag, ihren warmen Atem auf seinem Hals. Sie waren beide eine Wärmequelle, selbst Glühwürmchen, nur nicht künstlich erzeugt, sondern von innen strahlend, chemolumineszent, die das Kühle des Waldbodens abwehrten, erloschen, wenn man ihnen zu nahe kam und sie auf die Hand nahm. Zittern. Kälte. Müssen.

Bald war Mara mit Taio in einer unterirdischen Höhle angelangt. Er war mit ihr durch lange Gänge gegangen, die Mara nicht kannte. Stimmen wurden hörbar, sie sah Menschen, die an ihnen vorbeigingen, flüchtig grüßten, meist anderweitig beschäftigt zu sein schienen oder sein mussten. Taio sagte nichts. Mara folgte ihm ebenfalls stumm. Sie konnte nicht glauben, was geschah, was hier passierte. Sie wusste nicht, wie es hier war, jetzt hier zu leben, nicht mehr so wie früher, damals niedergeschlagen, sondern heute, ebenfalls gefangen, unfähig, selbstbestimmt zu leben.

Nach einiger Weile saß Mara mit Taio schließlich in einem Zimmer. Er hatte ihr etwas zu trinken hingestellt, etwas zu essen und Mara trank und aß. Taio besprach sich mit einer anderen Frau, die ebenfalls sehr aufgeregt war, doch Mara spürte nur das Wasser in ihre Kehle laufen, den Geschmack des Schokoriegels in ihrem Mund, der sich wie eine Explosion anfühlte. Wieder fühlte sie sich verloren. Wieder wusste sie nicht, wohin sie überhaupt geraten war. Für was hatte sie sich entschieden. Nun war sie hier. Wo immer das sein mochte.

Ein paar Frauen kamen in den Raum und setzten sich zu Mara. Sie begrüßten sie, legten ihr die Hände auf die Schulter, sanft und vorsichtig, oder auf den Kopf. Sie unterhielten sich darüber, dass ein Feuer gelegt worden sei in der Registratur. Sie sagten, dass es einige Tote gegeben habe. Sie sagten, dass es so nicht weitergehen konnte, dass sie endlich verschwinden mussten oder den letzten Schritt tun. Doch was für ein Schritt. Es gab keine Einigung in dieser Diskussion. Auch Taio versuchte zu schlichten. Mara wusste, dass es nie eine Einigung geben würde. Zu sehr kannte sie die Komplexität menschlicher Gedanken und Meinungen. Mara war allerdings zutiefst schockiert, vom Gedanken daran, dass das Feuer in der Registratur alle Akten vernichtet hätte. Die Registratur war eigentlich feuersicher. Ein komplexes Sicherheitssystem schützte sie. Noch nie hatte es ein Feuer in der Registratur gegeben. Soweit sie wusste. Es war schlichtweg unmöglich. Der Syllabus konnte nicht zerstört werden.

„Jemand muss es absichtlich gelegt haben,“ sagte Mara plötzlich und war aufgestanden.

Die Umhersitzenden waren verstummt und starrten sie ungläubig an. Taio sah gen Boden und versuchte etwas aus sich hervor zu holen, das aber nicht da war.

„Natürlich hat es jemand gelegt,“ sagte eine der Frauen verärgert, „dahinter steckt Kalkül.“

„Nein,“ sagte Mara entschlossen, „ihr versteht mich nicht. Ich habe etwas herausgefunden. Die Konten waren manipuliert. Es hat sich nichts geändert. Heute und gestern sind nicht grundsätzlich voneinander unterschieden. Ich weiß nicht, wie ich das erklären soll. Das Heute steht nur unter anderen Vorzeichen. Es geht darum, dass der Syllabus manipuliert wurde. Er wurde nur anders dargestellt.“

„Was meinst du damit, Mara“ fragte Taio, „ich meine, wir wissen ja, dass es…“

„Nein,“ sagte Mara, „nichts wissen wir. Es ist nicht nur das. Ich weiß es selbst nicht genau. Es… Wir werden nicht als Menschen behandelt, sondern wie Waren. Ich weiß auch gar nicht, ob es einen Unterschied zwischen Oben und Unten gibt. Vielleicht. Es gibt feine Unterschiede. Ich glaube aber hier wird jeder als Ware gehandelt, ob Soldat oder Einwohner, Arbeiter oder Kind. Und trotzdem wird dieses System von ein paar Wenigen beherrscht. Es ist schwer zu beschreiben."

„Aber das sind doch alles Verschwörungstheorien," sagte eine der jüngeren Frauen, „das können wir doch nicht beweisen. Das ist doch alles Humbug."

„Nein," sagte Mara entschlossen, „das hat nichts mit Verschwörungstheorien zu tun. Ich glaube, dass ich es beweisen kann. Aber ich muss in den Ameisenbau zurück. Ich muss in die Registratur."

„Aber das ist doch unmöglich," sagte eine der Frauen, „da ist doch etwas im Gange, da lassen sie dich doch nicht rein. Das ist doch Wahnsinn."

„Ich war einmal drin," sagte Mara „und ich komme auch wieder hinein. So oder so."

„Ich helfe dir," sagte Taio, „ich weiß, dass du es schaffen kannst."

„Danke," sagte Mara, „ich werde mein Bestes geben."

Taio hatte ein paar Männer und Frauen für sich gewinnen können. Sie befanden sich in einer Waffenkammer, wo sie sich mit dem Nötigsten ausgerüstet hatten. Mara war erstaunt über die Organisation im Untergrund, die hier herrschte. Mara war erstaunt, dass es diesen Menschen möglich war, etwas zu tun und einen Untergrund aufzubauen, parallel zum offiziellen System überhaupt etwas herzustellen. Jenseits des Syllabus. Sie war erstaunt, dass diese Menschen sich zu wehren versuchten, auch wenn es aussichtslos erscheinen mochte. Sie sah mit einem etwas anderen Blick auf ihre Kindheit zurück. Damals konnte sie sich nicht wehren, damals hatte sie keinen eigenen Widerstand. Alles war umschlossen von einer undurchdringlichen Dunkelheit. Vielleicht war ihre Zeit bei der Kommandantin so verlaufen. Sie hatte sich ergeben, getan, was ihr gesagt wurde. Sie war ein Kind. Sie wusste es nicht anders. Sie hatte nur das befolgt, was man ihr geraten hatte. Sie hörte noch immer die Stimme ihrer Mutter, die sie ängstlich zu sich genommen hatte und ihr sagte, dass sie alles tun sollte, was man ihr sagte. Sie wollte nur, dass es ihr gut ging. Und Mara wollte leben. Sie wollte überleben.

Mara hatte das damals nicht verstanden. Ihr Vater weinte, als er sie streichelte und ihr sagte, dass sie auf sich aufpassen solle. Mara war immer ein liebes Kind. Sie wusste, dass sie sich nicht einmischen durfte. Sie wusste, dass sie zu gehorchen hatte. Sie wusste, dass sie das tun musste, was ihr die Kommandantin sagte. Denn sie hatte ja Glück. Es gab andere, die hatten nicht das Glück, das sie hatte. Sie durfte sich nicht beschweren. Dann würde es ihr gut gehen. Davon war sie überzeugt.

Mara stellte alle Wünsche ab, die in ihr auftauchten, sie wurde zu einem Gegenstand, zu etwas, das nichts mehr wollte. Wenn sie endlich alleine war in ihrem Zimmer, dann legte sie sich sofort ins Bett und hörte auf zu denken. Alles, was um sie herum geschah, konnte ihr so nichts anhaben. Sie schloss sich in einer Leere ein, die das Außen nicht an sich heranließ. Zur Schlafenszeit lag sie so manchmal stundenlang wach. Mit geschlossenen Augen fühlte sie das Nichts, das sie so sehr in sich aufgenommen hatte, um genau dieses Nichts nicht mehr zu spüren, an nichts mehr zu denken, die Verrichtungen des Tages zu vergessen, die kleinen und größeren Ermahnungen. Das, was früher gewesen war, das, was da vielleicht noch kommen würde.

Wenn sie an früher dachte, kam es Mara manchmal merkwürdig vor an ihre Empfindungen in der Kindheit zu denken. Natürlich hatte sie das damals verstanden und gesehen. Die Toten. Die Urteile. Die Schüsse und die Arbeit. Da gab es nichts, was sie nicht verstanden hätte. Es war die

Realität. Gegen die konnte sie nichts tun. Sinnlos, sich etwas vorzumachen. Auch wenn sie manchmal in ein Fantasiereich überwechselte, in ein Land jenseits ihrer Situation, mit Wäldern, Tieren und Menschen. Keinen Maschinen. Auch Monster waren da. Doch die waren auch anders. Sie kannte den Unterschied.

Mara erinnerte sich daran, dass es ihr damals egal gewesen wäre, wenn man sie getötet hätte. Manchmal wünschte sie sich, dass sie erschossen worden wäre. Einfach so. Ein wütender Soldat, der in die Menge feuerte. Aber es war nie passiert. Zumindest nicht ihr. Lange hatte Mara noch geweint, doch die Tränen waren ihr bald versiegt. Sie hatte eine wahre Kunst darin geschaffen, im Alleinsein abends ihre Gedanken und Erinnerungen, alles was ihr durch diesen Kopf ging, die Bilder in ihr, die auferstanden, die sich ihr aufdrängten, wie Schreie und Schläge, zu verdrängen, dieses Nichts zu entleeren, dieses Nichts zu etwas zu machen, aus dem sie Kraft schöpfte, schöpfen konnte, ein Nichts, das wie eine Sonne war, die sie von innen heraus am Leben hielt. Erst in diesem Nichts konnte Mara existieren.

Wenn sie es doch irgendwann schaffte, wenn es über sie kam, dass sie einschlief, dass sie ein paar Stunden Ruhe fand, dann kam bald schon wieder das Erwachen. Der Wecker oder auch nur ein ferner Schrei, der sie aus einem Traum weckte und ihr die langen Stunden des kommenden Tages, des ewig Gleichen, dessen, was nicht zu ändern war, wieder vor Augen hielt.

Als Mara diesen Gedanken hinterherhing, während Taio und die anderen sich bereit machten, mit ihr zum Ameisenbau zu gehen, mit ihr zusammen zu versuchen, das, was nicht zu verstehen war, herauszufinden, einen Beweis zu finden, der das System zum Einsturz brachte, spürte sie einen kurzen Moment lang so etwas wie Hoffnung. Vielleicht war das ihre Aufgabe. Vielleicht war Mara nur hier, um diesen Menschen zu zeigen, dass ihre Erlebnisse doch für etwas nützlich waren, doch dafür gut waren, wenn auch nicht die Vergangenheit, so aber die Gegenwart und vielleicht die Zukunft zu ändern. Wenn auch nur mit einem kleinen Teil.

An diesem Teilchen hielt sich Mara nun fest, während sie die Menschen um sich her beobachtete, die geschäftig und ebenfalls angespornt waren, die hofften, dass auch sie etwas tun könnten, ihr zu helfen, etwas zu erreichen, das so lange Zeit im Dunkeln lag, etwas zu tun, gegen die Mauer aus Schweigen, die man ihnen immer entgegengesetzt hatte. Gegen das Verschweigen sprechen. Ankämpfen. Gegen das Verborgene. Auf das sie ein Recht hatten. Zu erfahren.

Nein, Mara entschied sich in diesem Moment nicht mehr länger zu schweigen. Sie konnte und musste sprechen. Egal, ob das nun in den Syllabus passte oder nicht. Sie entschied sich, nicht länger das Mädchen zu sein, das sie einst gewesen war, nicht länger diese Leere in sich aufzubauen, aufrechtzuerhalten, diese Leere einer erkaltenden Sonne, die nur dafür da war, dass sie überleben konnte, die sie so notwendig in sich aufbauen musste, als Kind.

Nein, Mara war eine erwachsene Frau und sie hatte eine Erinnerung und Fähigkeiten, die es ihr erlaubten vielleicht etwas zu erreichen, vielleicht etwas zu tun, zusammen mit diesen Menschen, um das System zu stören, eine andere Welt zu schaffen, die ein Stück Hoffnung enthielt, eine gemeinsame Welt, ein zukünftiges Europa, das nicht alles akzeptierte, das Werte vertrat, eine Ethik, die vielleicht nicht jedem gleich recht war, die aber ein allgemeines Recht vertrat, in dem jede Meinung zu Gehör gebracht werden konnte und abgewogen wurde, in dem jeder seinen Platz finden konnte, eine kommende Gemeinschaft, die sich dagegen auflehnte, was in einer jahrhundertealten Tradition noch immer systematisch zurückgehalten wurde, die noch immer mächtig war.

Es ging um Freiheit. Es ging darum, etwas zu tun, die Möglichkeiten zu nutzen, die man untereinander und miteinander hatte, das zu zerstören, was einen unterdrückte, die Machtmechanismen zu durchbrechen und nicht selber in anderen Machtmechanismen sich zu verlieren, sondern einen Grund zu finden, einen Boden, eine Insel, die einen geerdet hielt, vielleicht den Stürmen ausgesetzt, so aber doch ein Zuhause, etwas, auf das man sich einlassen konnte, etwas, das einen beherbergte, eine Küste. Ja, vielleicht war es das, was Mara im Sinn hatte, nicht diese tote Heimat in ihr, diese tote Nation, dieser Apparat, sondern ein gemeinsames Ufer, etwas, das im Innen und Außen Bestand hatte und nicht nur verschwiegen und unterdrückt wurde. Ein Meer.

*

Die Tage waren etwas schwer vergangen. Mara war von einem seltsamen Heimweh erfüllt, das sie gar nicht so sehr festhalten konnte, sondern vielmehr diffus war, ihr Erinnerungen an ihre Kindheit bescherte, von der sie nur noch so wenig wusste und von der noch so viel in ihr verborgen lag. Taio hatte sich die ganze Zeit aufopfernd um sie gekümmert. Sie hatte ihn beinahe lieb gewonnen. Und doch fühlte sie sich nicht wohl in diesen unterirdischen Kammern, diesem Staat unter der Stadt.

Auch wenn Mara es für gut hieß, dass hier eine Widerstandsbewegung aufgebaut wurde, dass hier versucht wurde, sich zu wehren, gegen das, was passierte, gegen die Verbrechen, die gegen die Menschen ausgeübt wurden, empfand sie es doch einfach nur als traurig, dass die Menschen tatsächlich hierzu gezwungen wurden.

Mara ging untertags gedankenverloren durch die Gänge, beobachtete das Treiben, dass sie nicht ganz an den Ameisenbau erinnerte, so aber doch eine Verbindung hierzu hatte. Alles musste seinen Lauf nehmen, jeder hatte seinen Weg, seine Aufgabe. Zumindest schien es so und doch liefen hier die Geschäfte anders, ruhiger, wenn auch trotz allem etwas hektisch, so aber doch weniger koordiniert, vielmehr aus einer Gemeinsamkeit entstehend, die im Ameisenbau nicht vorhanden war, wo nur das reine Funktionieren herrschte, die Aufgabe, eine Karte, die man setzte, seine Termine nicht zu vergessen, seine Aufgaben wahrzunehmen, auch wenn man keine Zeit hatte, die einen überfielen, einen für sich einnahmen, beherrschten und zwangen.

Mara war eine Fremde, das stand fest. Auch wenn sie Taio abends auf die Versammlungen mitnahm, die gemeinsamen Essen, die Tänze, die Besorgnisse und die Diskussionen, die ewig langen Diskussionen, so war Mara doch zu keiner Zeit ein Teil dieser Menschen und ihrer Gemeinschaft. Auch Jan und all die anderen nahmen sie nie wirklich auf. So war zumindest ihr Gefühl. Überhaupt stimmte hier etwas Grundlegendes nicht, wie Mara es empfand. Die Ungerechtigkeit, die oben herrschte, betrübte das Unten umso mehr. Mara wünschte sich, wieder nach Hause zu kommen, in ihr kleines Apartment, wo sie sich jeden Abend etwas zu Essen kochte, meistens das Gleiche, Spaghetti mit Tomatensauce und danach ein Stückchen Schokolade. Mit Haselnuss und Trauben. Am Ende stand immer das Fernsehprogramm, ein paar Shows, vielleicht ein Film, Nachrichten, Diskussionsrunden und das unendliche Gespräch, die Unterhaltung und Berieselung, bis sie schließlich einschlief, bis hin zum nächsten sich gleichen Tag.

Mara fragte sich oft, während der letzten Tage, die sie nun hier unten verbrachte und durch die Gänge ging, wer sie eigentlich war. Natürlich, sie war sie selbst. Aber sie war auch etwas anderes. Ihre Vergangenheit bestimmte sie, auch wenn sie versuchte, so gut es ging, ihre Vergangenheit Vergangenheit sein zu lassen, sie nicht weiter heraufzubeschwören, denn was hatte es denn für einen Sinn. Die Vergangenheit war vergangen, die Töne schlugen nicht mehr, die Trommeln waren verstummt, die Herkunft des Fells vergessen. Auch die Erinnerungen an ihre Eltern, ihre Mutter und ihren Vater, waren eigentlich keine wirklichen Erinnerungen mehr, sie waren Schemen und Gespenster einer längst vergangenen Zeit, die noch immer aus den Fugen war.

Warum Mara hierhergekommen war, konnte sie nun nicht mehr verstehen. Irgendetwas in ihr hatte gehofft, dass es sich ändern würde, doch nun wünschte sie sich nur noch nach Hause, zu dem ständig selben Essen, ihrer täglichen Arbeit, den Zahlen, den Buchungssätzen, den Ein- und Ausgängen, Debitoren, Kreditoren, Kassen und Konten, ob Sach- oder Fach-, das konnte ihr doch einerlei sein. Es war ihre Arbeit, hiervon konnte sie leben, konnte ihren Lebensunterhalt bestreiten, ihr Apartment mieten, die Rechnungen bezahlen, Krankenkasse und Kleidung, vielleicht kein eigenes Häuschen und keine Familie, so aber doch Fernsehgebühren und Fernsehapparat, Elektrizität und Heizung für den Winter. Mehr konnte sie nicht verlangen, mehr brauchte sie nicht, ein wenig Schönheit um sie herum, einmal in der Woche einen Strauß Blumen vielleicht, soweit sie denn Lust hatte, das reichte aus. Mara war da völlig genügsam. Sie hatte es niemals gelernt, etwas zu begehren, Wünsche zu haben, die jenseits dessen waren, was ihr erlaubt war, was sie sich eigentlich hätte wünschen können. Mit einem anderen Menschen zusammen zu sein, ganz nah, Körper an Körper, das konnte sie nicht. Dafür war zu viel passiert. Es lag eine Gewalt in jeder Berührung, die nicht rückgängig gemacht werden konnte.

Vielleicht war es richtig, Mara hatte nie gelernt zu wünschen. Vielleicht war es aber auch eine Fähigkeit, die so vielen fehlte, dachte sich Mara, während sie die aufgeregten Menschen um sie herum rennen und gehen sah, miteinander reden, schwatzen, diskutieren und sich beschweren, immer auf der Suche nach einem neuen Krieg, nach einer Verbesserung, einer klaren Aussage, einem festen Muster, dem Wunsch nach einer Art Paradies, das es nicht gab. Das wusste Mara: das Paradies gab es nicht. Dafür hatte sie zu viel gesehen. Mara konnte nicht glauben. Die Vorstellung an einen Gott war für sie schlichtweg unmöglich. Es konnte nicht sein. Ihr Leben war nichts anderes als eine Verbindung von puren Zufällen, vielleicht nicht gerade in der besten aller Welten, so aber doch auf einer etwas disharmonischen Klaviatur, die doch einen Klang erzeugte, der sie selbst war und der ihr nicht viel mehr gab, der einfach da war, ganz ohne Sinn, denn nicht alles musste seinen Sinn haben, nicht alles musste den Weg zum großen Ganzen, zu den letzten aller Fragen gehen, denn die Gegenwart und das Leben waren letztendlich doch nur das, was gerade der Fall war, die Spaghetti am Abend, das Fernsehprogramm, von dem es gar nicht stimmte, dass es nur gleich sei, sondern das immer anders war, immer wieder unterhaltsam, manchmal auch etwas langweiliger, so aber doch da. Der Fernseher war der treueste Gefährte gewesen, schon immer. Wenn sie nicht schlafen konnte, weil sie manchmal eine tiefe Angst in sich spürte, weil dieses Leben für sie nicht mehr da zu sein schien, sie sich selbst nicht mehr tragen konnte, so war immer das blaue Licht des Fernsehers da. Auch wenn sie die Augen geschlossen hatte, war es diese Stimme, die unendlichen Stimmen, die dann auf sie einprasselten, sie einlullten und ihr halfen einzuschlafen. Das war immer da. Das war nicht Nichts. Der Fernsehapparat war eine Person. Er war einer und viele. Er war immer für sie da. Er war ein Freund. Es gab kein Ende, keinen Schlaf.

Und dafür lohnte es sich zu arbeiten, dachte Mara, auch die sozialen Kontakte bei der Arbeit, die sich auf Formalitäten beschränkten, so aber doch eine Verbindung zu echten Menschen war, taten ihr übriges. Es gab so viele Verknüpfungspunkte, das kurze Gespräch an der Supermarktkasse, der Betrag, die Frage nach Bonuspunkten, nach einer Sammelkarte, all das reichte ihr, genügte ihr, um zu wissen, dass sie vorhanden war. Mehr wollte sie nicht. Sie brauchte keine hochtrabenden Gespräche und Spiegelungen, die nirgendwohin führten, brauchte nicht die Fragen nach einer Vergangenheit, die vergangen war, die nie mehr verändert werden könnte. Nein, Mara war zufrieden mit ihrem Leben. So war es immer gewesen so hätte es auch immer sein müssen.

Nun stand sie aber in einem geheimen unterirdischen System aus Gängen, in einer Stadt, die in den Untergrund gebaut wurde, lange Zeit, gegründet von einer Widerstandsbewegung, von der sie nicht wusste, wer sie überhaupt gegründet hatte, viel zu lange war es her, die vielleicht von irgendwo kam, aber nicht von ihr, auch nicht von Zeko, Jan oder Taio oder wie sie alle hießen.

Nein, dachte Mara, setzte sich auf eine Bank, während all die anderen an ihr vorbei liefen, sie keines Blickes würdigten und dem stetigen Strom des Widerstands folgten. Mara war kein Teil des Widerstands. So war es immer gewesen und so würde es immer sein. Die Ereignisse der letzten Tage hatten sie aus der Bahn geworfen. Doch sie wusste, dass sie nicht so einfach wieder herauskam. Sie müsste etwas tun. Sie war nun Teil einer Gruppe, die sie sich nicht ausgesucht hatte.

Mara versuchte sich vorzustellen, was die letzten Tage mit ihr geschehen war. Es kam ihr vor, als ob es Jahre her wäre, mindestens Monate oder Wochen. Alles lag so weit hinter ihr. Der Besuch bei der Kommandantin, der Mann in der dunklen Gasse und dann Taio und all die anderen, Taio, dieser Mann, der sie mit sich zog, der gut zu ihr war, aus welchen Gründen auch immer. Das kannte sie einfach nicht. Warum konnte sie das nicht zulassen. Mara fühlte wieder diese Schwere in sich, diese unendliche Masse, dieses Blei, allerhöchste Dichte, das Universum in ihr, der Tod und all das, dass sie wünschte, nicht mehr zu existieren. Mara konnte es nicht mehr. Mara wollte es nicht mehr. Mara wollte nur noch weg sein, weg, nicht wo auch immer, sondern nirgendwo, absorbiert jenseits jeglicher Unterscheidung. Eins.

Am nächsten Tag führte Taio Mara in eine große Halle. Mara hatte keine Lust, von ihren Gefühlen geführt zu werden, sie fühlte sich zu schwach und unfähig, sich überhaupt zu bewegen. Gelangweilt folgte sie ihm und wünschte sich nur noch nach Hause. Seine Worte und all das, was auf sie einprasselte, von einer neuen Ordnung, dem Widerstand, einem neuen Leben, einem anderen Ort als diesem hier, einer anderen Welt, wollte Mara nichts hören. Sie wollte zurück in ihr Apartment, zu ihren Spaghetti mit Tomatensoße und ihrem Fernseher. Auch wenn sie etwas wie körperliche Nähe vor einigen Tagen gemeint hatte zu spüren, vielleicht sogar zu lernen, so hatte sie es doch nicht ernst genommen. Es war zu gefährlich. Für sie war das nichts mehr. Es konnte nicht sein und es sollte auch nicht sein. Und doch war es einmal möglich. Es war alles zu zerfahren.

Mit einem Mal fiel Mara auf, was in dieser riesigen Halle eigentlich war. Eine watteähnliche Substanz war auf dem Boden ausgebreitet, wie es schien, die weit hinaus führte, wie in einen Schlauch, hin zu einem Punkt, den sie nicht erkennen konnte. Der Horizont. Die Substanz sah aus wie wolkenähnlicher Rauch und sonderte ein seltsames Vibrieren ab, oder eine Art Rauschen oder Klingeln, das sie noch nie gehört hatte. Es bildete eine Einheit, soviel stand fest, soweit konnte Mara dieses Wolkenmeer für sich fassbar machen. Taio führte sie zu einer Brüstung und lächelte sie an.

„Na, was sagst du," sagte er, „das ist doch fantastisch, nicht wahr?"

„Was ist das," fragte Mara.

„Das ist unser Weg nach draußen," sagte Jan, der auf einmal hinter ihnen aufgetaucht war, „hiermit werden wir endlich frei sein."

„Bitte, Jan," sagte Taio, „bleib rationell. Hör nicht auf ihn, das ist eine Substanz, mit der wir Energie gewinnen können, unsere Forscher haben es herausgefunden, wir werden damit überleben. Und unsere Kinder."

„Und wir werden frei sein," sagte Jan.

Taio sah ihn böse an und nahm Mara zur Seite. Er führte sie auf eine Balustrade und erklärte ihr, dass sich hier etwas entwickeln würde, mit dem sie sich versorgen könnten, ein Organismus, unabhängig von der Willkür des Syllabus. Mara hatte erst gar nicht gemerkt, dass Taio sie an der Hand hielt und nicht mehr losgelassen hatte. Es war ihr sowohl unangenehm, als auch angenehm. Was war nur los mit ihr? Früher hätte sie das gar nicht erst zugelassen. Mara wusste nicht mehr, was sie denken sollte. Sie wollte nicht mehr hier sein. Und doch war sie in all das hineingeraten. Diese Menschen waren freundlich und zärtlich, aber Mara war das alles zu viel. Sie war innerlich von einer Leere erfüllt, die sie nicht aushalten wollte. So sehr sie sich manchmal wünschte, die letzten Tage gewünscht hatte, aus sich heraus zu kommen, das Leben beim Schopf zu packen, wie man so sagte, und eine Andere zu werden, vielleicht eine Doppelgängerin, eine Andere, die anders war, als die, die sie war, so sehr wehrte sie sich nun dagegen und wollte wieder nach Hause, wollte ihren Bericht abgeben, auch nicht mehr zur Kommandantin, sondern einfach alles abgeben, wieder einen Schlussstrich ziehen, nicht immer wieder und wieder von vorne anfangen, keine Irregularitäten verzeichnen, die auftauchten, sondern einfache Papiere vorzeigen, die bewiesen, dass nichts anders war, dass nichts geschehen war, dass alles seine Ordnung hatte. Zu akzeptieren.

Mara wollte weg. Die wolkenähnlichen Gebilde unter ihr, so ungewöhnlich sie auch waren, interessierten sie nicht. Das konnte sie im Kino haben. Im echten Leben hatte so etwas keinen Platz. Reine Illusion. Im Fernsehen verloren die Zauber des Films ihre Kraft. Sie konnte hier kein Wunder erkennen und auch keine Hoffnung. Mara wollte einfach weg sein, am besten weg von sich selbst und allem. Ein stetiges Hämmern breitete sich in ihrem Kopf aus und verursachte solche Schmerzen, dass sie überhaupt nicht mehr wusste, wo sie war. Die Aura tauchte wieder auf. Sie musste sich setzen.

Taio wusste nicht, was mit Mara geschah und beugte sich über sie, fragte was sie brauchte. Mara sagte, dass sie nichts brauchte, dass sie einfach nach Hause wollte, dass sie hier weg wollte. Vielleicht war sie auch schon zu Hause. Der Fernseher lief. Taio versuchte ihr zu helfen. Er nahm sie unter den Armen und führte sie die Treppen herab.

„Es hat alles keinen Sinn," murmelte Mara vor sich hin, während sie in einem Bett lag und wieder zu sich kam.

Taio stand über ihr, auch Tamila war da und Selma und sie kümmerten sich um sie. Sie hatte wohl einen Schwächeanfall gehabt, einen Zusammenbruch, etwas, das sie sich manchmal schon gewünscht hatte und das nie geschehen war und nun war es geschehen, unter all diesen Menschen, die sich dann auch noch um sie kümmerten. Mara wusste nicht mehr, was sie hier noch sollte. Mara wollte nur noch weg. Wieder ging es mit ihr los, wieder fühlte sie sich so schlecht und wieder konnte sie nichts dagegen tun. Das Stechen kam in ihren Kopf zurück. Es war aus ihr und in ihr. Sie wollte einfach liegen bleiben. Es gab nichts, das sie sich wünschte. Nichts. Nichts. Nichts.

Aber in diesem Mantra lag etwas, das dennoch vorhanden war. Eine Kraft, die aus Mara kam, etwas, das tief in ihr lag, verborgen, das trotz allem sie war, auch wenn sie es nicht zulassen konnte oder wollte oder was auch immer. Mara wusste nicht, wie sie diese Grenze überschreiten konnte. Es schien ihr unmöglich. Das Unmögliche, das in ihr lag, das ihre Wünsche gar nicht manifest werden ließ. Unendlichkeit.

Vielleicht stimmte es gar nicht. Vielleicht wünschte sich Mara eine Veränderung. Vielleicht wünschte sie sich, dass man sich um sie kümmerte, dass da Menschen waren, die sie annahmen, so wie sie war, als das, was sie war und nicht etwas, das im Fernsehen gesagt wurde, etwas, das ein allgemeingültiges Versprechen sein sollte, eine allgemeingültige Norm, A nach B, Z nach O, L und M und B und V.

Es war nicht immer einfach, doch nun kam es Mara schwieriger vor als jemals zuvor. Sie wusste nicht weiter. Vielleicht waren da Wünsche in ihr, die ihr sagten, dass sie sich ändern konnte oder vielmehr nicht ändern, sondern dass sie so sein konnte, wie sie war, wie sie sein musste und durfte. Taio war schön. Mit seinen tiefschwarzen Augen, die sie anblickten, auch wenn sie nicht wusste, warum. Mara war es nie wert gewesen, angesehen zu werden. Einem Blick standzuhalten. Zumindest hatte sie es immer so wahrgenommen. Vielleicht war es ihr auch eingetrichtert worden. Wer wusste das schon. All das, was hier mit ihr geschah, all die Nettigkeiten und die Unterstützung, die sie hier fand, hatte sie nicht verdient. Sie hatte das noch nie erlebt. Weshalb sie?

„Ruh dich etwas aus, mein Kind," sagte Selma und streichelte Mara über den Kopf, „das war alles etwas viel für dich in der letzten Zeit. Ruh dich aus. Du wirst sehen, morgen ist auch wieder ein Tag und Übermorgen und all die Tage die noch kommen werden."

Tamila gab Mara ein paar Tabletten, die sie mit einem Schluck Wasser runterspülte. All die Menschen um sie herum, die sie doch eigentlich nicht kannte, all das, was hier mit ihr geschah, das, in was sie hier hineingeworfen worden war, war doch einfach nicht real. Es konnte nicht wirklich sein. Vor allem hatte es keinen Sinn. Mara wusste nicht, weshalb es einen Unterschied zwischen Oben und Unten gab. Weshalb auf der einen Seite die Kommandantin stand und auf der anderen Seite jemand wie Tamila und all die anderen Menschen, die sich um sie kümmerten. Mara wusste nicht mehr, was sie noch tun sollte. Sie fühlte sich wie ein Kind, das sie nie gewesen war, das krank im Bett lag und nicht wusste, was mit ihm geschah und um das sich trotzdem jemand kümmerte. Ein Fieber legte sich über sie. Ihr Gesichtsfeld blitzte. Die Aura kam wieder. Blau. Braun. Gelb. Der Wunsch nach einem Kuss. Schwarz.

Nach einigen Tagen war Mara wieder bei sich. Sie wusste wieder, warum sie hier blieb und warum sie hierhergekommen war, soweit man das überhaupt wissen konnte. Etwas erholter begleitete sie Taio und die anderen, um sie bei ihrer Arbeit zu unterstützen. Innerlich, von einer tiefen Trauer erfüllt, die sie nicht nach draußen lassen konnte. Wie lange sie geschlafen hatte, wusste sie nicht.

Plötzlich knallten Schüsse. Dann Schreie. Die Bevölkerung unter der Stadt, unter den Baracken geriet in Aufregung. Uniformierte Männer erschienen und rannten mit Gewehren durch die Gänge. Taio nahm Mara bei der Hand. Die Ereignisse überschlugen sich.

„Wir wurden verraten," sagte Taio, „wir müssen weg, mach, komm, schnell."

„Aber wer hat uns verraten," fragte Mara.

„Das tut nichts zur Sache," sagte er, „wir müssen jetzt einfach weg, du und ich, vielleicht können wir es schaffen."

Mara folgte Taio durch die verzweigten Hallen und Gänge, durch die Stockwerke, durch Räume, von kleinem und größerem Ausmaß, durch Werkzeugschuppen, durch Büros, immer weiter, bis sie schließlich wieder in der großen Halle mit dem Wolkengebilde landeten.

Taio war verwundert, da er meinte, dass er auf dem richtigen Weg war. Auf der Balustrade oben stand Jan neben einem großgewachsenen Mann in Uniform, den Mara irgendwoher kannte. Nur fiel es ihr gerade nicht ein.

„Schön euch zu sehen," sagte der Mann, „ich habe auf dich gewartet. Noch einmal entkommst du mir nicht."

„Jan," schrie Taio, „ich habe es gewusst. Ich habe gewusst, dass du es bist. Warum…"

Dann fielen Schüsse, von denen Mara einer erwischte. Sie fiel zu Boden und wieder wurde es Blau und schließlich Schwarz.

„Wir warten schon auf dich," sagte eine Stimme, „komm mit."

Mara sah Schemen über sich. Da war wieder dieser Mann. Langsam sah sie wieder besser. Jetzt erkannte sie ihn. Es war der Sohn der Kommandantin. Sie tat schließlich, was man ihr sagte. Sie ließ sich in ein Bad führen, wo sie sich frischmachte und wurde von ihm schließlich wieder in den Raum gebracht, wo sie bei ihrer Ankunft die Kommandantin getroffen hatte. Sie war wieder zu Hause. Dort, wo sie nie mehr hinwollte.

„Schön, dich wieder zu sehen, mein Kind,“ sagte die Kommandantin, „wir haben uns schon Sorgen gemacht. Wie geht es dir?“

„Danke, gut,“ sagte Mara etwas benommen, „ich weiß nicht so recht, was ist denn mit mir passiert?“

„Du bist ohnmächtig geworden, mein Kind,“ sagte die Kommandantin, „wahrscheinlich bist du etwas übermüdet gewesen. Du hast zu viel gearbeitet. Und die lange Reise. Die Umstellung. Wir haben uns um dich gekümmert. Ich habe einen Arzt kommen lassen. Es ist alles in Ordnung. Du warst nur schwach.“

Der Sohn der Kommandantin führte Mara an den Esstisch, schob ihr den Stuhl zurecht und setzte sich ebenfalls.

„Aber jetzt müssen wir etwas essen,“ sagte die Kommandantin, „damit du wieder zu Kräften kommst, mein Kind.“

Diesmal wurde aufgetischt, Mara aß tatsächlich mit Appetit und versuchte sich zu erinnern, was geschehen war. Es schien wie ein Traum gewesen zu sein. Eigentlich war sie gerade erst angekommen. Sie war erst aus dem Zug gestiegen. Die unterirdischen Anlagen, der Wolkenraum, die Schüsse und all das, waren nur in ihrer Fantasie. Sie hatte geträumt, ja. Sie meinte eine Musik gehört zu haben, die nun nicht mehr vorhanden war. Ein schweres Dröhnen. Alles konnte nur ein Traum gewesen sein und doch spürte Mara etwas, das sie zuvor nicht gespürt hatte. Etwas in ihr war aufgebrochen. Ein Riss war in der dicken Eisschicht. Etwas riss auf. Mara erinnerte sich an Menschen, ja, Jan, Tamila, die Zwillinge und die Baracken, Taio, und sie wusste nicht, ob es real war oder nur ein Traum, der sich so anfühlte, als ob er real gewesen wäre. Warum konnte sie ihren Empfindungen und ihrer Wahrnehmung nicht trauen. Warum konnte sie das nicht?

„Schmeckt es dir denn, meine Liebe," fragte die Kommandantin, „wir haben einen der besten Köche des Landes, es ist ein Gedicht."

„Ja, danke," sagte Mara, „ich bin nur etwas verwirrt, ich habe… schlecht geträumt. Oder… Ich weiß es nicht mehr so genau."

„Was hast du denn geträumt, mein Kind," fragte die Kommandantin in ihrer unnachahmlichen Art und Weise.

„Solche Träume kenne ich," sagte der Sohn der Kommandantin locker und lachte mit vollem Mund, dass ihm ein paar Brocken Püree auf den Tisch fielen.

„Du sollst nur sprechen," sagte die Kommandantin, „wenn man dich fragt und wenn ich dir sage, dass du sprechen darfst. Verstanden?"

Er hörte schlagartig auf zu lachen und aß beschämt weiter. Mara konnte sich an die Ereignisse erinnern. Sie konnte sich an die Menschen erinnern. An die vergangene Zeit. Die Berührungen. Das war kein Traum. Das war kein Film. Vielleicht war es das stärkste Gefühl, dass sie sich an diese Menschen, von denen sie sich doch nicht nur eingebildet haben konnte sie getroffen zu haben, erinnern konnte. Das war nicht einfach erfunden. Das war kein einfacher Traum. Es war real. Sie waren real. Alles war real.

Wieder fielen Schüsse. Wie zuvor. Eine Tür knallte. Metall klackerte. Das Dröhnen durchbrach die Fenster. Das Dienstmädchen schrie. Vermummte und bewaffnete Krieger stürmten in den Raum, packten sich den Sohn der Kommandantin und breiteten flache Gegenstände auf dem Boden aus, von denen Mara nicht genau wusste, was sie sein sollten. Doch die Kommandantin war schon über die Terrasse geflohen und durch eine Tür verschwunden, die sich schnell wieder hinter ihr geschlossen hatte. Die Krieger waren ihr sofort hinterhergestürmt, doch sie konnten die

Tür nicht öffnen. Eine Kugel prallte zurück und verletzte einen der Krieger an der Schulter.

Nun erkannte Mara, als er den Helm abnahm, dass Taio gekommen war. Er stand vor ihr und half ihr hoch. Er führte sie in eines der Nebenzimmer.

„Zieh dir etwas anderes an," sagte Taio, „wir müssen hier weg. Wir lassen nicht mehr länger zu, dass wir so behandelt werden. Es ist genug."

„Ja," sagte Mara fest entschlossen, „ich komme mit dir."

Taio nahm Maras Kopf in beide Hände und gab ihr einen Kuss. Mara wusste nicht, wie das passiert war. Doch sie hatte ihn wohl ebenfalls geküsst. Es musste ihr erster Kuss gewesen sein. Seit langer Zeit. Und dieser Kuss war anders. Es war nicht der liebevolle Kuss für ein Kind, sondern der Kuss eines Mannes. Sie fühlte etwas in sich, das sie bisher nicht gespürt hatte. Da war etwas Echtes, etwas das sie noch nie gespürt hatte. Mara fühlte plötzlich, wie etwas in ihr wuchs. Das Meer brach durch den Spalt. Zuerst zaghaft, doch langsam bildete sich eine kleine Pfütze. Wurde ein See. Da war ein Gefühl, das sie tatsächlich fühlen wollte, das ihr nicht aufgezwungen wurde, ob es ihr erlaubt war oder nicht. Mara fühlte, dass sie diesem Mann vertrauen konnte, dass es etwas jenseits der Heimat gab, dass es über den Bergen Kaps und Küsten gab, ein weites Meer, ein Ufer und Inseln, Atolle und Lagunen. Felsen in der Brandung. Leuchttürme im Nebel.

Mara zog sich Jeans und einen Kapuzenpullover an, was sie finden konnte, ein Paar Turnschuhe, eine Lederjacke und folgte den anderen. Sie flohen über den Balkon, ließen sich an Seilen herunter und verschwanden wieder im Untergrund. Eine Explosion wurde oben hörbar. Es wurde lauter und immer lauter.

„Was habt ihr getan," fragte Mara, „was waren das für Gegenstände?"

„Das waren Sprengsätze," sagte Taio.

Mara fragte nicht weiter. Sie vertraute diesem Mann. Ihre Fantasie hatte ihr keinen Streich gespielt. Und wenn, vielleicht war es ihre Fantasie, aber das, was sie jetzt fühlte, war keine Fantasie, sondern es war eine Idee, die entstand und ureigen da war. Immer schon. Und das war einfach nicht falsch. Sie vertraute Taio. Es war neu, es war anders, es schien zu ihr zu gehören. Jedenfalls wollte sie daran glauben. Im Moment. Im Moment war es gut.

*

Eine Hülle, in der man ausruhen konnte, war nichts schlechtes. Die Ereignisse der letzten Tage lasteten schwer, sowohl auf Mara, als auch auf den anderen. Taio war ebenfalls abgekämpft und mit einem leeren Blick gezeichnet, den sie noch nie an ihm gesehen hatte. Den Sohn der Kommandantin hatten sie gefangen nehmen können, doch die Kommandantin konnte fliehen. Niemand wusste wo sie sich aufhielt, noch wo sie hätte sein können. Die Stadt war eingenommen. Man hätte sagen können, dass eine Meuterei stattgefunden habe, ganz so aber stimmte das nicht, weil die Stadt nun endlich in der Hand ihrer Bewohner war.

Mara ging wieder ihrer Arbeit nach. Sie saß im Ameisenbau, in dem es nun wild herging, wo viele ihre Akten suchten, Papiere verbrannten, Erinnerungen an sich nahmen, wo gelacht wurde, geweint und auch geschrien. Man hatte Mara die Aufgabe weiterhin übertragen, die Konten durchzugehen, da sie ja dafür ausgesucht worden war. Jeder schien einverstanden zu sein damit, dass Licht in dieses Dunkel gebracht werden müsste, vor allem im Hinblick auf draußen, als Rechtfertigung, gegenüber der Welt und all den anderen.

Mara war hellwach. Sie buchte und kopierte, sie las ein, suchte und fand, stellte zurück, nahm vor, und fühlte in sich einen Klang, keine Registrierkasse, nein, etwas sich wiederholendes, etwas, das sie schon lange gesucht hatte. Eine gewisse Angst war in ihr verschwunden. Sie fühlte etwas in sich, dass nun gelöst werden konnte, ganz einfach verschwinden könnte, wie es erschienen war. Und doch war da etwas außerhalb ihrer selbst, das zwar nicht außerhalb von ihr war, wie der Stift, den sie in der Hand hielt, das Lineal, der Tisch, der Stuhl, den sie unter sich fühlte oder das Wasser, das ihre Kehle hinunterlief. Nein, es war etwas außerhalb von ihr selbst, das aber in ihr war, ein inneres Außen oder ein äußeres Innen. Mara konnte dieses Gefühl nicht greifen. Überhaupt konnte sie mit diesen ganzen Gefühlen, die nun über sie hereinbrachen, recht wenig anfangen.

In gewisser Weise war es eine Stelle in ihrem Brustkorb, die von sich wiederholenden und gleichmäßigen warmen Tönen umschlossen oder durch diese strukturiert wurde. Mara hätte so ewig weiter arbeiten können. Fast fühlte sie sich hier nun zu Hause. Fast konnte sie hier so etwas wie die Ahnung eines Alltags spüren. Sie stellte sich vor, wie es sein würde, täglich in die ihr zugewiesene Wohnung zu gehen, jahrelang, etwas zu essen, bis ans Ende ihres Lebens, ein wenig zu lesen, vielleicht etwas mit Taio und den anderen zu machen und am nächsten Tag wieder hier zu arbeiten, all diesen Daten einen Sinn zu geben, all dem Grauen das hinter den leeren Zeichen stand eine Begründung zu geben, dem Schwarzen, den Formen und Linien, die keine ursprüngliche Bedeutung hatten, aber hinter denen ein Geheimnis lag, ein Horror, den sie konstruierten. Nein, vielmehr musste das Verborgene hervorgeholt, sichtbar gemacht werden. Zertrümmern.

Mara schrak auf, als sie Taio in der Tür stehen sah. Sie hatte ihn nicht bemerkt. Er hätte eine halbe Stunde schon dort stehen können. Mara konnte es nicht sagen. Lächelnd stand er da und beobachtete sie tatsächlich, ganz so, als würde er wirklich seit einer halben Stunde oder sogar länger einfach nur dastehen und ihr bei der Arbeit zusehen.

„Was machen die Geschäfte," fragte Taio und lächelte, „kommst du gut voran?"

„Danke, ja," sagte Mara etwas verlegen und strich sich die Haare hinter die Ohren, „es läuft ganz gut."

„Ich muss dir etwas sagen," sagte Taio, „vielmehr, nein, ich möchte dich zu etwas einladen."

Mara sah ihn an und wusste nicht so recht, was sie denken sollte, wie sie reagieren sollte und was nun von ihm kommen würde.

„Ich muss weg," sagte Taio, „ich habe einen Auftrag. Wir müssen wohin. Ein Informant von uns will die Kommandantin gesehen haben. Vielleicht wissen wir, wo sie sich verschanzt. Es gibt immer noch genug Leute, die hinter ihr stehen. Ihre Macht ist nach wie vor ungebrochen, auch wenn wir sie…"

„Taio," sagte Mara ruhig, „was möchtest du? Ich verstehe dich nicht ganz."

„Nun ja," sagte Taio, „ich möchte, dass du mitkommst, ich möchte, dass du mich begleitest."

Mara stand auf und ging zu Taio. Sie sah ihm in die Augen und überlegte, was das für sie bedeutete, was sie überhaupt antrieb, sie zu ihm zog, oder wurde er zu ihr gezogen, das war ihr nicht ganz klar.

„Mara, hör zu," sagte Taio und nahm Maras Hand, „möchtest du mich begleiten? Wir gehen auf eine längere Reise. Ich würde mich sehr freuen, wenn du mich begleitest. Der Landstrich hinter der Stadt ist schön. Das Einzige, was hier schön ist. Das Einzige, was wir hier kannten. Er ist das, was uns gehörte, das, was sie uns nicht nehmen konnten oder wollten, ich weiß es auch nicht. Ich möchte einfach nur, dass du mich begleitest. Das würde mich sehr glücklich machen."

Mara entwand sich Taios Griff und setzte sich wieder auf ihren Platz. Sie hatte nichts zu verlieren. All das, was hier bereits mit ihr geschehen war, sowohl früher, als auch jetzt, war etwas, das vollständig zu ihrem Leben gehörte. Jede Biegung des Bodens, das Reiten des Windes und das Grummeln der Häuser gehörte zu ihr, in der Vergangenheit, der Gegenwart und sicher auch der Zukunft. Hier war sie zu Hause, auch wenn sie es nicht sein wollte, oder vielmehr, auch wenn es nicht wünschenswert war. So war es doch Realität.

„Ich komme gerne mit," sagte Mara und lächelte, „aber jetzt versuche ich noch meine Arbeit soweit abzuschließen, wie es geht. Sie kann ja auch eine gewisse Zeit ruhen, nicht wahr? Rom wurde auch nicht an einem Tag wieder aufgebaut."

„Nein, das nicht," sagte Taio erleichtert, „ich freue mich sehr. Wir fahren schon morgen."

„Das geht schnell," sagte Mara, „aber, ja, ich glaube, ich habe tatsächlich Zeit."

Die Truppe startete früh. Mara war etwas erstaunt, dass sie Taio so spät gefragt hatte, ob sie mitkommen würde. Noch immer dachte Mara an eine Reise, vielmehr war es aber doch ein Feldzug, eine Suche nach der Kommandantin und ihren Männern. Die Männer und einige der Frauen, waren in Tarnkleidung, mit schweren Rucksäcken geschultert und bewaffnet. Aber auch Familienangehörige, Kinder und Ältere waren dabei. Zwar kein Aeneas mit Vater und Penaten auf dem Rücken. Aber immerhin. Und so war es doch kein wirklicher Feldzug, als vielmehr ein Auszug, wie Mara es doch zuerst empfunden hatte, zu jemandem, zu einem Ziel, das einen gewissen Kampf nötig machte, was aber weniger bedrohlich zu sein schien, als es zuvor gewesen war, sondern endlich einfach nur möglich.

Von den Baracken aus gelangte die Gruppe wieder in den Wald, den sie langwierig durchschritt, der allerdings Schatten bot, vor der triefenden Sonne, die seit ein paar Tagen vom Höhepunkt des Sommers kündigte. Taio lief die ganze Zeit neben Mara, suchte das Gespräch mit ihr und auch Körperkontakt. Mara aber ging es nicht gut. Irgendetwas in ihr hatte sich schon am Morgen entwurzelt gefühlt. Irgendetwas in ihr wurde nun entrissen, ein kleiner Tornado in ihr, der immer stärker zu werden drohte, näher kam, lauter wurde, Dinge mit sich riss, innere Dinge, die auf ihren Regalen und in ihren Abstellkammern, den Schubladen und Höhlen lauerten, vergraben waren, umgefallen oder auch fein säuberlich aufgeschichtet, in Reih und Glied, alphabetisch geordnet, zur Benutzung freigegeben und doch nie in Verwendung. Mara musste sich setzen. Taio kniete sich neben sie und streichelte ihr Haar.

„Was ist los,“ fragte Taio, „dir geht es nicht gut, das sehe ich.“

„Es wird schon wieder,“ sagte Mara, „ich glaube, die letzten Wochen stecken mir einfach zu sehr in den Knochen. Aber ich glaube, dass ich mich erholen werde. Hier ist es so schön. Dieser Wald, er ist einzigartig.“

Mara spürte die Waldluft in ihren Nasenmuscheln zirkulieren, griff beherzt in das feuchte Moos und spürte die Erde, die etwas an ihren Fingerkuppen haften blieb, hörte auf dieses wohlige Klappern des Waldes, das Summen, das Zwitschern und die Blätter, das Gras, dieses Buch, diese Schrift, die Bäume, hoch gewachsen, ihre Kronen, den Himmel abstützend, die Erde tragend. Ohne Kapitän.

„Lass uns wieder weitergehen,“ sagte Mara und stand auf, „es geht schon wieder. Ich bin nur etwas verwirrt. Es ist schon gut.“

Taio beobachtete sie eine Weile und nahm sie schließlich unter die Arme. Er erzählte ihr von seiner Jugend, dem Begründungsdienst und dem Hass auf den Syllabus, die Stadt und ihre Zwänge und seinen Wunsch nach Revolution, nach dem Widerstand und dem Leben, danach, etwas zu tun, sich zu wehren und er selbst zu sein, frei zu werden, zu was auch immer sich entscheiden. Zu was genau, das wusste er damals nicht so wirklich, wie er fröhlich sagte und dabei lachte, als wäre er tatsächlich noch ein kleiner Junge, der Fußball spielte mit seinen Freunden und sich auf das Abendessen freute, das seine Mutter vorbereitet hatte. Zuhause, ja, in einem Zuhause, das doch vorhanden gewesen sein musste. Und die Entscheidung, das zu tun, was man sich vorstellen konnte. Das war der Wert, nach dem sie sich sehnten. Die Chance. Die freie Entscheidung.

Am Abend schlug die Gruppe ihre Zelte bei einer Lichtung auf. Es war schon dunkel, die Sterne leuchteten, doch der Mond war hinter einer Bergkette verschwunden. Ein paar Lagerfeuer brannten, Männer spielten Karten und würfelten. Ein paar Frauen sangen, Kinder dösten vor sich hin oder schrien und Mara saß neben Taio und hörte seinen Erzählungen zu, erfuhr von seinen Wünschen, ganz einfachen Wünschen, die eigentlich selbstverständlich sein mussten, einer weiten Form der Freiheit, einer Gerechtigkeit, die Vorstellung von etwas Wesenhaftem, das auch ihr eigen war und auch allen anderen, die hier waren, oder anderswo, etwas Menschliches, auch wenn dies ein Ausdruck war, gegen den sie sich noch immer wehrte, weil sie es nicht glauben konnte, weil es nicht immer selbstverständlich war, denn ja, Taio wollte nur leben, das merkte Mara und auch sie wollte endlich lernen zu leben, auch wenn es ihr so schwer fiel, wenn das Atmen so eine Anstrengung war, die nicht von alleine funktionieren wollte, sobald sie daran dachte, sondern zu stoppen drohte, sie überrumpeln wollte, weil es ihr dann wieder so unmöglich erschien, dass auch sie teilhaben durfte an dieser Luft, dieser frischen Waldluft, dem Knistern des Feuers, dem Geruch, den Menschen, dem Schweiß und dem Essen. Stille.

„Mara," schrie Taio erschrocken, „was ist denn mit dir?"

Mara hatte einen Hustenanfall. Sie hatte für einen kurzen Moment tatsächlich zu atmen aufgehört und kam nun wieder zurück zu sich, zu ihrem Atem, der schließlich von ganz alleine vor sich ging, ein und aus. Und doch war es ihr nichts Selbstverständliches. Sie nahm Taio am Arm, der sie zu sich und sie an sich drückte. Er konnte ihren schnellen Herzschlag spüren, der sich wie eine Turbine anfühlte, oder ein löchriger Blasebalg. Mara schmiegte sich an seine Brust und nach einer Weile drückte sie sich ganz fest an, so wie sie es noch nie getan hatte, fast wie ein Tier, das Wärme sucht. Sie wollte auch seinen Herzschlag hören, wollte, dass er sie nie mehr los ließ.

Der nächste Tag roch anders. Nach einem beschwerlichen und langen Weg kam die Gruppe am späten Nachmittag, die Sonne verschwand gerade hinter einer Anhöhe, an ihrem Ziel an. Die Luft schmeckte salzig. Die Vorhut begann ausgelassen zu schreien, ließ das Gepäck beiseite fallen und sprang die Anhöhe hinab. Als Mara schließlich sah, was sich vor ihr ausbreitete, verstummte sie. Sie waren endlich angekommen. Das Meer. Fast lautlos brandete es an den Strand. Golden leuchtete der Sand, während sich die Gefährten entkleideten und sich im Wasser erfrischten, sich von den Wellen umwerfen ließen, tragen und hinabtauchen.

Die Fußspuren, die in der Brandung verschwanden, die Kinder, die sich des nassen Sandes bemächtigten, Häufen auftürmten, Türme anhäuften und ganz in ihrem Element waren, boten ein Bild der Leichtigkeit. Mara erschrak, als Taio sie am Arm nahm und mit hinunter zog. Doch sie wurde immer schneller, während auch Taio schneller wurde, sich seiner Kleidung entledigte und sie von all dieser Lust mitgerissen wurde, sich ebenfalls auszog, lachte, gerne hinterher sprang, hinein ins Meer, von dem sie sich schon so lange gewünscht hatte, es endlich zu sehen.

Taio nahm sie auf den Arm und drückte sie unter die Wellen. Mara schluckte Wasser, hustete und wurde schon wieder von Taio in die Höhe gehoben, kam kaum wieder zu Atem, bevor eine weitere Welle die beiden herunterriss und wieder an den Strand spülte. Erschöpft lagen die beiden da. Taio hielt Mara fest in den Armen. Sie spürte seine Haut. Sie spürte, wie gut es ihr tat. Sie spürte, dass sie seiner Berührung standhalten konnte, vielmehr, dass sie seine Berührung wollte, sich wünschte von ihm berührt zu werden. Sie spürte, dass sie endlich loslassen konnte und sich nicht länger zu wehren brauchte, nicht länger Angst haben musste, überwältigt zu werden, sondern dass da jemand war, der sie begehrte, der sie berühren durfte und von dem sie auch berührt werden wollte, dem sie gehören konnte, den sie selbst berühren musste.

Schon hatte Taio seine Lippen auf ihre gelegt, ganz sanft, ganz feucht und salzig. Mara ließ sich von ihm küssen und küsste zurück. Mara ließ sich fallen. Sie spürte die Brandung, die immer wieder an ihre Füße glitt, spürte Taios Arme, die sie an seine Brust zogen, die Mara zu ihm zogen, als wollten sie die Unterscheidung zwischen ihren Körpern auflösen, ihn zu sich und er hin zu ihr.

Mara spürte seine Muskeln, seinen Atem, sah ihm in die Augen, wühlte ihre Hände in sein Haar und schlang sich um ihn, wollte ganz mit ihm verschmelzen. Ja, sie wollte endlich das fühlen, was jenseits der Gewalt lag, das, was zu lange vergessen war, die Niederlage, das, von dem sie sich immer fragte, wo sie denn war, die Liebe, wo sie war, die Liebe. Denn wo war sie, die Liebe?

Als Mara mit Taio aus der Höhle kam, fühlte sie sich neu geboren. Ja, sie fühlte sich tatsächlich neu. Was aber war diese Neugeburt. Sie war endlich sie selbst. Taios Hand, die ihre Hand hielt, Taio, wie er neben ihr her lief, ein starker Mann, mit weichen Gesichtszügen, einem langen Schatten, der wie ein Schmetterling sang und nicht leichtsinnig verkauft wurde an einen dahergelaufenen grauen Herrn für ein Säckelchen Gold.

Mara lief einfach neben ihm her. Nein, sie brauchten keine Siebenmeilenstiefel. Sie ließen sich treiben. Verschwunden, für einen Moment, die Gedanken in den Gedanken, die Labyrinthe und Übergänge, das Draußen und Wählen, der Sturm und das Chaos. In ihr trat so etwas wie Ruhe ein. Eine Ruhe, die sie nicht kannte. Mara spürte den Sand zwischen ihren Zehen, unter ihren Füßen und atmete das Meer. Die Karawane hatte sich niedergelassen. Zelte waren aufgebaut, Feuer brannten, es roch nach Gebratenem.

Nach einer Weile fielen Mara Wachen auf, etwas, das Mara bisher noch nicht gesehen hatte. Ein Käfig stand etwas abseits bei einer Düne und wollte nicht so recht ins Bild passen. Als Taio bemerkte, dass Mara weggegangen war, folgte er ihr. Im Käfig fand Mara den Sohn der Kommandantin, der ins Leere starrte. Mara betrachtete ihn lange. Es war wie im Zoo, oder im Museum. Sie besah sich seine Gesichtszüge, seinen Nacken, seinen Hals und seine Augen, die nie an ihren Blick andockten.

Natürlich kannte Mara den Sohn der Kommandantin. Natürlich wusste sie, wer er war. Sie wusste auch wie er hieß. Doch manche Namen wollte sie nicht mehr aussprechen. Sie waren versteinert. Sie waren alt und wurden zu oft spontan ausgesprochen, als hätten sie keine Bedeutung. Mara erinnerte sich an ihn. Sie wusste nicht, weshalb sie ihn vergessen hatte. Sie wusste, wie er sich anfühlte, wie er atmete, wie seine Hände zugriffen, zupackten, welche Kraft in diesen Händen lag. Mara fühlte die Erinnerungen in ihrem Körper, in jeder Zone ihrer Zellen. Mara hatte einen Ort in sich, an dem der Sohn der Kommandantin hauste. Es war viel weniger der Käfig, in dem er nun gefangen war, als vielmehr Maras Inneres, kein Gefängnis, sondern ein Schutzraum, in den er eingedrungen war, eingebrochen, vor langer und vor kurzer Zeit.

Taio stand hinter Mara und legte seine Hand auf ihre Schultern. Sie erschrak und schlug ihn weg.

„Was hast du,“ fragte Taio verunsichert, „du wusstest nicht, dass sie ihn mitnehmen, habe ich recht? Du wusstest nicht, dass sie ihn gefangen haben.“

Mara sagte nichts. Sie sah weiter in die ausdruckslosen und doch so fürchterlichen Augen des Mannes, den sie so tief in sich fühlte, der so lange schon in ihr hauste. Wieder und wieder. Die Wiederholung dessen, was längst vergangen war, das beiseite geschobene dessen, was wieder und wieder geschah. Das, was noch immer andauerte. Gegen das musste sie sich wehren. Es war ihre Pflicht.

„Er ist unser Druckmittel,“ sagte Taio, „wir brauchen ihn, um die Kommandantin zur Vernunft zu bringen. Jedenfalls hoffen wir das. Immerhin ist sie seine Mutter.“

„Ein Mensch ist kein Druckmittel, nein,“ sagte Mara, „niemals. Diese Menschen wissen nicht, was es heißt, eine Mutter zu sein, ein Sohn. Oder ein Vater. Sie wissen es nicht. Ja. Nein. Es ist ihnen egal. Und doch sind auch sie Menschen. Natürlich. Aber Menschen sind keine Mittel zum Zweck. Sie sind keine Buchungen, keine Zeilen auf einem Papier. Ohne groß darüber nachzudenken handeln sie, haben Bande, von denen sie meinen, dass sie sie verbinden, aber vielmehr sind es nur sie allein, die die Macht aufrechterhalten, die die Fäden in ihren Händen halten. Wir aber sind immer jenseits der Macht. Wir werden nie dort sein, wo sie sind."

„Das ist doch gut," sagte Taio etwas unsicher.

„Ja, ja," sagte Mara und ging ganz nah an den Käfig, „es kann sein, nein, vielmehr ist es wirklich gut. Ich glaube, nein, ich weiß, dass es gut ist. Ich weiß, dass es das ist, was ich möchte. Aber wir sind nicht allein. Ich kann nicht weg sehen von ihm. Er gehört zu mir. Ich kann nichts dagegen tun."

Mara griff um die Gitterstäbe und konzentrierte sich auf den Mann im Käfig. Sie fixierte seinen ihr abgewandten Blick. Sie wollte, dass er sie ansah.

„Mara," sagte Taio, „ich würde vorsichtig sein. Er ist gefährlich."

Die Wachen saßen im Sand und sahen von ihrem Würfelspiel auf. Sie beobachteten interessiert die Szene, die sich neben ihnen abspielte. Taio wendete sich ab von Mara und blickte auf das Meer. Sein Blick war ratlos und doch suchend, nach etwas, einer Linie am Horizont, einer kleinen Erhebung, einem Flecken, der Land bedeuten könnte. Der Andere hatte keinen Blick.

Dann krallte der Panther nach Maras Händen, hielt sie fest an den Gitterstäben, presste sie zusammen, dass Mara schrie, schob sie nach oben, das Mara am Käfig hing, ihr Gesicht ganz nah an den Gitterstäben. Der Panther leckte ihr über das Gesicht. Er leckte ihre Nase, ihre Augenhöhlen und biss schließlich einen kleinen Fetzen Haut von ihrer Augenbraue, dass Blut über ihr Gesicht sickerte, während einer der Wachen dem Sohn der Kommandantin einen Elektroschock verpasste, der auch Maras Körper durchzuckte und von dem selbst Taio noch so viel abbekam, dass er in die Knie gezwungen wurde, während er Mara vom Käfig weg zog und mit ihr blitzend vor Augen im Sand liegen blieb.

*

Plötzlich war Nacht. Wieder einmal war Mara entschwunden, wieder einmal kam sie ihrer Welt abhanden. Ihre Geschichte, ihr Inneres und Äußeres, ihr Blick, ihr Gefühl, ihr Herzschlag und ihr Gehör, all das war in einer Grasnarbe verschwunden. Ein dunkler Schleier lag über ihr. Sie hörte Schreie, Schüsse, Getrampel und schmeckte Blut. Es wackelte und war unangenehm kalt. Stimmen hallten in Höhlengängen. Tiefer hinab schien sie zu treiben, dort, wo sie lag, über ihr ein Schleier, sie wusste nicht wo.

Nach einer Weile schienen sie angekommen zu sein. Der Wagen blieb stehen. Es wurde still. Mara schlief ein. Wieder etwas später fand sie sich in einer Zelle. Neben ihr saß ein Mann, der ein Spiel mit kleinen Glasbehältern spielte, die mit einer bläulichen Flüssigkeit gefüllt waren, allein mit einem Würfel bewaffnet und Tarotkarten sortierte. Am Gitter stand eine Frau, die leise etwas vor sich hin summte. Sie sang einzelne Worte, in einer Sprache, die Mara nicht kannte, allein das Meer schien darin eine Rolle zu spielen, die Sonne, vielleicht der Mond oder ähnliches. Mara spürte darin eine Sehnsucht und einen Verlust.

„Wo bin ich hier,“ fragte Mara nach längerer Zeit.

Ungläubig sah sie der Würfelspieler an und auch die Frau stand nun Mara zugewandt. Ihr Gesicht war schön und golden, mit feinen Astblättern verziert, umwandelt von einer wogenden Masse an dunklen Haaren, die wild um den Kopf gebunden waren.

„Du bist wach,“ sagte der Mann, „das ist gut. Wir haben uns schon gedacht, dass wir nicht allein bleiben. Zwei bleiben hier meist nicht allein. Es wird immer jemand Drittes erwartet. Und wenn die Drei voll ist, bleibt einer übrig.

Zumindest glauben wir das. Genau wissen tun wir es nicht. Nicht wahr?"

„Mein Name ist Plurabell," sagte die Frau, „ich bin selbst seit ein paar Wochen hier. Das ist Kurt. Er soll am längsten hier sein. Zumindest sagt er das. Ich kann ihm nicht so ganz glauben."

„Ja, das sage ich," sagte Kurt, „ich bin am längsten hier. Wer wegkommt, der ist weg. Am Ende bleibt einer. Am Ende bleibe immer ich übrig. Ich bin derjenige, der den Stein nach oben schiebt, der immer wieder dafür sorgt, dass die Maschine am Laufen bleibt. Ich bin der, der niemals ruht."

„Zumindest sagt er das," sagte Plurabell.

„Und dabei bin ich glücklich," sagte Kurt, „das darf man nicht vergessen. Auch wenn ich immer wieder anfange, immer wieder von vorne anfange. Ich habe so viele Ideen. Ich habe immer Ideen. Sie schwirren um mich. Wie ein magnetisches Feld. Sie sind das Feld. Immer wenn jemand herkommt. Ob eine Frau oder ein Mann. Manchmal sind es auch Kinder. Zum Glück aber nicht so oft. Das schmerzt mich am meisten. Es berührt mich. Immer erzählen sie mir ihre Geschichte. Jeder von ihnen hat eine Geschichte. Selbst die Kleinsten. Natürlich die Kleinsten. Jeder hat seine Geschichte. Es hat nichts mit eigenen Handlungen zu tun. Es ist das, was einen umgibt. Magnetismus. Immer helfe ich ihnen. Zumindest versuche ich ihnen zu helfen. Es ist ja nicht so einfach. Meine Aufgabe ist hier… Was ist hier meine Aufgabe? Was ist eine Aufgabe schon. Ich weiß es doch selbst nicht mehr. Wo gehen wir hin, wo kommen wir her. Was tut das schon? Es ist die Welt. Das ist alles und nichts. Vielleicht sage ich auch nur, dass ich glücklich bin. Vielleicht aber… Ich stelle mir vor, dass ich glücklich bin. Ich helfe jedem, der hierher gebracht wird, hinauszukommen, auch dir, das verspreche ich, auch wenn ich nicht weiß, was draußen passiert."

„Wie ist dein Name," fragte Plurabell.

„Mara. Mein Name ist Mara."

„Das ist schön," sagte Kurt, „ich finde es immer schön, wenn hier Menschen mit Namen herkommen, die ich noch nicht kenne und die sie nicht vor mir geheim halten. Ich sammle Namen. Ich hatte hier schon alle Namen. Gerne wäre ich Namensammler geworden. Alle Namen der Welt. Keine Schmetterlinge. Keine Netze. Ich hätte sie alle gekauft und mit meinen Lizenzen wäre ich reich geworden. Ein Namensammler. So wäre das gewesen: Eva, Adam, Maria, Josef, Michael, Jonathan, Regina, Nathalie… bis hin zum letzten Namen."

„Ja," sagte Plurabell, „nun ist aber auch gut, Kurt. Lass doch unsere Besucherin erst einmal sprechen. Du hast doch bestimmt etwas zu erzählen?"

Mara stand auf und ging an die Gitterstäbe. Sie nahm die Hand von Plurabell, fühlte ihre trockene Haut und auch diese Wärme, die noch in ihr war. Sie sah in ihre Augen, die tief gruben, sich in Mara hinein begaben, die Mara in sich hineinlassen konnte.

„Ich weiß nicht was geschehen ist," sagte Mara, „gerade waren wir noch… er hat mich gebissen. Dann wurde es dunkel. Wo ist Taio? Der Sohn der Kommandantin hat mich gebissen. Dann hat alles gezuckt. Elektrizität. Ein Gerät zur Betäubung, etwas in der Art. Taio hat mich weggezogen. Aber, irgendetwas muss geschehen sein. Ich weiß es nicht. Ich war glücklich. Für eine kurze Zeit war ich glücklich. Ich habe sogar getanzt."

„Das sage ich doch," sagte Kurt, „man muss sich die Menschen glücklich vorstellen, es geht gar nicht anders. Es kann gar nicht anders sein. Auch wenn das Leben beschwerlich ist, die Arbeit ist Arbeit und Glück ist Glück und glücklich arbeiten die Arbeiter. Wer baute das siebentorige Theben? Die Arbeiter. Arbeit ist Glück und Punkt. Schluss. Aus. Micky Maus."

„Sei jetzt ruhig Kurt," sagte Plurabell, „das hast du alles so oft schon erzählt, es stimmt einfach nicht."

„Ja," sagte Kurt, „aber sie kennt es doch noch nicht. Sie weiß doch nicht, dass Arbeit und Glück zusammengehören. Es ist alles immer wieder neu."

„Still," schrie Plurabell.

So saßen Mara, Plurabell und Kurt Tage zusammen, vielleicht Wochen, sie wussten es nicht so genau. Die Zeit verlor ihren Sinn. In den Träumen kehrte der Sonnenaufgang wieder, ein ständiger Aufgang, eine Sonne, die immer weiter in die Höhe stieg, ohne Ende, den Himmel durchbrach und in die Unendlichkeit floss, immer warnend war und doch so fern, obwohl so nah.

Kurt steckte jeden Tag, nach einer langen Kartenseance und einem Würfelsystem, das nur er zu verstehen schien, ein paar von den Kanülen mit der bläulichen Flüssigkeit in eine Vorrichtung, die in die Wand eingelassen wurde. Für ein paar Minuten erklang daraufhin ein Mechanismus, der etwas auszulösen schien. Auf die Frage, ob Kurt es denn nicht einmal lassen wollen würde, entgegnete er, dass er das nie wieder tun würde. Er habe es einmal getan und das hätte schreckliche Auswirkungen für mindestens die ganze Welt gehabt, wenn nicht das Universum. Das Ende der Unterscheidung wäre das Ende von allem. Es gäbe nichts jenseits der Unterscheidungen. In Wirklichkeit sei es nämlich nicht er, der die Behälter einwerfe. Die Behälter würden sich selbst einwerfen, indem er sich um den Rest kümmere. Plurabell hatte sich längst an Kurt gewöhnt und hielt ihn nicht davon ab. Weshalb sollte sie ihm auch seine einzige

Freude nehmen. Das sah Mara ein. Er tat ja niemandem weh. Jeder sollte so sein dürfen, wie er war.

Mara und Plurabell kamen gut miteinander aus. Sie hatten einiges gemeinsam, obwohl sie doch so verschieden voneinander waren. Auch Kurt. Sie alle hatten etwas gemeinsam, das sie spüren konnten und das sie doch nicht greifen konnten, etwas, das sie verband, auch wenn sie nicht wussten, was es genau war. Vielleicht war es nur ein Gefühl. Und vielleicht war genau dieses Gefühl die Realität, das, was wahr war. Das, was einzigartig war und sie zusammenhielt, am Leben hielt. Wer konnte das schon sagen.

Mara erzählte von ihrer Zeit in der Stadt, von der Verschleierung im Syllabus, den umgeleiteten Buchungen, den Kindern, den Menschen, den Lebewesen, die wie Gegenstände benutzt wurden, den Gegenständen, die wie Menschen beschützt wurden, von all der Bürokratie, den Daten und Strömen, den Transferordnern, in Verbindungen und Verzweigungen organisiert, sich selbst zeugend, dem Labyrinth der Macht. Ein paarmal streute Mara ihr nebensächlich erscheinende Bemerkungen über ihre Kindheit ein, über die Gefangenschaft, die Erfahrung, das Gefühl der Normalität von früher, einer längst vergessenen Zeit, wie es schien, das, was damals so war, wie es war, auch wenn es nicht zuerst zu rechtfertigen war. Mara schämte sich dann und schwieg. Weiteren Fragen wich sie aus, weil sie sie selbst nicht beantworten konnte, vielleicht gar nicht erst an sich heranlassen durfte oder konnte und verfiel darin meist in ein tiefes Grübeln, das sie unendlich müde werden ließ.

Bald war Maras Zustand von Übelkeit geprägt. Sie musste oft spucken und fühlte sich krank. Am Leben hielt sich die zusammengeworfene Gemeinschaft mit aus dem Boden wucherndem Wurzelwerk, ein paar Würmern und dem kühlen Wasser, das in einem kleinen Rinnsal aus einer Ecke tropfte und mit dem man sich auch ausreichend waschen konnte. Als Latrine hielt ein kleiner Ablauf her, der am Ende der Zelle in eine Felsspalte führte.

Kurt war derjenige, der am meisten erzählte, dem man eigentlich am wenigsten zuhören konnte, weil er nicht mehr endete, der aber auch trotzdem viel zu sagen hatte. Er erzählte ständig vom Feuer, von den Kellern und dem Wind. Er erzählte von einer Hitze, die er in seiner Kindheit erlebt hatte, als seine Geburtsstadt bombardiert wurde. Er erzählte von dem zusammengeschmolzen Schwarz, den Blöcken aus Menschen, die mit dem Gestein verwachsen schienen, mit dem Mineralischen wiedervereint, von Liedern jenseits der Menschen, vom Graphit und Stein, der Spur im Stein. Bei seinen Erzählungen spürte man das Grauen, das er erfahren hatte. Auch er war weit gereist, arbeitete als Matrose, Schiffskoch und fahrender Händler. Ambiguität. Die See habe er immer sehr geliebt, wie er sagte. Nirgends aber fand er eine Heimat, war ein Ruheloser, ein Getriebener, der von einer ständigen Angst fliehen musste, einem Feuer, das mit ihm ging, ihn verfolgte und das letztlich auch in ihm loderte, ihn auszehrte, auch wenn er es abkühlen musste und wollte, so konnte er es nicht. Kurt war selbst das Feuer, seine Zunge die Flamme, die das Unbeschreibliche zu beschreiben versuchte, das Gesehene in Worte wandeln wollte, um es mitzuteilen, auch wenn es unglaubhaft war, nie zu verstehen.

Plurabell hatte ähnliche Erfahrungen. Auch sie sprach von einer unendlichen Hitze, einer Explosion, verschmolzenen Betonwänden, die aus Licht erstarrt waren. Das Licht, das zu Stein wurde. Plurabell sprach von erstarrter Luft, einer verseuchten Atmosphäre, die alles verschlang, gerade weil sie nicht zu sehen war. Was Plurabell schilderte war ein Feuer, das nicht zu sehen war. Es war das Unsichtbare, der weiße Tod, das, was in der Luft lag, was tief in der Atmosphäre verborgen war oder die Atmosphäre selbst, die

Materie, nicht im Mineralischen, sondern im Äther, eingeschrieben in das letzte Eckchen der Erinnerung, von dem, was es einst hieß, zu leben.

Plurabells Erinnerungen schienen gelöscht zu sein und doch war sie ausgefüllt von einem Trauma, das stets zu spüren war. Plurabell wusste nur von einer Evakuierung und einer vorangegangen Katastrophe. Sie erinnerte nur Fragmente. Aufgeplatzte Leiber. Versteinerte Augen. Zischende Lungen, die wie Ballons klangen. Sie wuchs in einem fremden Land heran, mit einer Geschichte, an die sie sich nicht erinnern konnte und damit ohne eine eigene Geschichte, nur mit Splittern erfüllt, die geschehen waren und doch kein Ganzes bildeten, kein Teil eines Puzzles, sondern ein Chaos. Es war ein Ereignis, das einmalig war, wiederholbar und doch als drohende Katastrophe in der Luft liegen blieb.

Plurabell hatte früh geheiratet, versucht, ein normales Leben zu führen, Kinder zu kriegen und alt zu werden. Doch Plurabell konnte keine Kinder kriegen. In ihr war etwas zerstört, das nicht mehr heil zu machen war. Ihre Ehe zerbrach schnell wieder, auch ihre Freundschaften lösten sich auf und bald schon war sie allein. Sie forschte, versuchte im Studium der Ethnologie ein Muster zu erkennen, das ihr bekannt vorkam und war doch bis jetzt nicht fündig geworden. Es war ein verlorenes Gefühl. Jedenfalls vermutete sie das. Beweisen ließ sich das nicht.

Eines Tages kamen Männer zu den dreien. Mara konnte den Sohn der Kommandantin erkennen. Auch Plurabell kannte den Mann, von dem sie sagte, dass er ihr Bruder gewesen sei. Kurt sagte, dass es jetzt wieder soweit wäre, sein Sohn würde sie holen. Er bat die beiden Frauen darum, dass sie ihm verziehen, er könne nicht anders. Er müsse tun, was er tun müsse. Immer wieder von neuem beginnen, immer wieder Enden und von Anfang an bis hin zum Ende und wieder beginnen und wieder enden. Ohne Ende, ohne Selbst und ohne Glück. Es gab keinen Ausweg. Immer wieder neu.

„Was tust du mit uns," schrie Plurabell dem Sohn der Kommandantin entgegen, „was willst du noch von mir? Antworte mir. Sag es."

Doch der Sohn der Kommandantin schwieg. Mara versuchte ihm wieder in die Augen zu sehen, seinen Blick aufzufangen, einen Kontakt herzustellen, doch wieder gelang es ihr nicht. Es war klar, dass dieser Mann für Mara jemand anderes war als für Plurabell. Die beiden Frauen wurden aus der Zelle hinausgeführt und Kurt blieb darin.

„Ich werde weiter für euch beten," schrie Kurt ihnen hinterher, „ich werde weiter tun, was ich tun muss. Ich werde nicht aufhören, bis ich euch wieder sehe. Ich weiß, dass meine Arbeit einen Sinn hat. Ich weiß, dass ich nicht aufhören darf, ich weiß, dass ich immer weiter machen muss, dass ich immer weiter arbeiten muss. Versteht ihr, deswegen bin ich glücklich, das ist das Glück, das ist der…"

Doch Mara und Plurabell waren schon aus Hörweite entschwunden. Sie sahen sich verängstigt an und ließen sich von den Männern mitschleppen. Noch einige Male schrie Plurabell den Sohn der Kommandantin an, wand sich in den Armen der Wachen und ergab sich bald weinend ihrem Schicksal und Schrecken.

Nach einer langen Fahrt in einem Lastenaufzug kamen sie schließlich zu einem großen Hangar, in dem mehrere Flugzeuge waren und dessen Ende weit in eine Wüste wies, deren Luft schwirrte. Mara und Plurabell wurden hinausgeführt. Die Sonne brannte. Der Sand machte sie blind. Ein paar Sträucher sahen aus wie in den Himmel ragende Totenköpfe, die extra hier platziert wurden, um Eindringlinge abzuschrecken. Ein paar Geier kreisten am wolkenleeren Himmel.

Der Sohn der Kommandantin, ein Fahrer und die beiden Frauen stiegen in einen Wüstenbuggy und fuhren los. Sie fuhren an der Horizontlinie entlang, hinein in die nie endenden Formen der Wüste, den Flur der Unendlichkeit, immer weiter, nur ein paar Dünen, an einzelnen Kakteen vorbei und alles erschien wie ein schlechter Traum, eine Kulisse in einem Film, der gerade gedreht wurde und doch realer als alles war, das Mara bis dahin gesehen hatte. Bald musste sie sich erbrechen.

Der Wagen hielt an und die beiden Frauen mussten aussteigen. Plurabell half Mara und erkannte bald, was mit ihr los war.

„Du bist schwanger,“ sagte Plurabell leise, „Mara. Ich glaube, du bist schwanger.“

„Aber wie kann das sein,“ sagte Mara verwirrt, die diese Worte gar nicht richtig aufnehmen konnte, ihre Bedeutung nicht wirklich verstand, „ich meine, kann das wirklich sein?“

„Naja,“ sagte Plurabell, „das musst du schon selbst wissen. Aber meiner Ansicht nach deutet alles darauf hin.“

„Mein Gott,“ sagte Mara, „ich weiß nicht, was ich denken soll. Das ist doch alles nicht wirklich.“

„Ich weiß es auch nicht,“ sagte Plurabell, stand auf und ging auf den Sohn der Kommandantin zu, „siehst du das nicht? Siehst du nicht, dass das Mädchen hier schwanger ist? Was tut ihr mit uns? Siehst du nicht, was ihr uns antut? Hört auf. Bringt uns hier weg.“

Plurabell schlug auf den Sohn der Kommandantin ein, der sie gen Boden schleuderte, einen kurzen Blick zum Fahrer machte und auf Mara zuging. Nun stand er über ihr und sah sie zum ersten Mal an. Seine Augen waren schwarz und von einer Leere gekennzeichnet, die Mara nicht aushalten konnte. Sie sah weg. Jetzt verstand sie es. Er war der Tod. Und bald sah Mara auch Taio in seinen Augen. Sie zitterte und ihr schwindelte. Dann sah sie, wie der Fahrer auf Plurabell zuging, seine Waffe zog und ihr in den Kopf schoss.

Sie brach sofort zusammen. Mara wollte schreien, doch ihr Hals, der ob der Hitze völlig ausgetrocknet war, brachte keinen Laut hervor. Alles verschwamm. Die Luft verschlang jeden Gedanken. Maras Schrei war nach innen gerichtet, verstarb gleichsam in ihr, während ihre neu gewonnene Freundin auf dem Wüstenboden starb. Blut, Hirn und Knochensplitter in den Sand geflockt.

„Wir müssen gehen,“ sagte der Sohn der Kommandantin, dessen Stimme nun auch wie die von Taio klang, und ging zum Auto.

Der Fahrer ging auf Mara zu und sie erwartete, dass er auch sie erschoss. Fest kniff sie ihre Augen zusammen und wartete auf den Tod. Doch der Fahrer zog sie hinter sich her, stieß sie auf den Rücksitz des Buggys und fuhr weiter. Der Sand stob um das Fahrzeug, das vom Sand eingehüllt war wie von der Gischt eines Ozeans. Mara fühlte etwas in ihr, das noch nicht in ihr gewesen war. Plurabell lag tot in der Wüste. Sie wurde den Geiern überlassen, wertlos und geschändet. Doch wohin fuhren diese Männer mit ihr. Wo ging es mit ihr hin. Was würde Mara erwarten, jetzt, da sie ein Kind, ihr Kind, in sich trug?

Die Nacht verschluckte die Wüste. Es wurde immer kälter. Mara wusste nicht mehr, wo sie war. Einige Soldaten hatten sich zu ihnen gesellt. Der Sohn der Kommandantin gestikulierte und schrie irgendwelche Befehle, die sie nicht verstand. Er war sehr aufgeregt. Irgendetwas schien nicht so zu verlaufen, wie er sich das vorstellte. Am Horizont wurde ein Berg sichtbar, einholbar. Immer näher kam er auf sie zu. Mara wusste, dass sie nichts mehr tun konnte. Sie fühlte sich wie früher. Ihr Leben war nicht in ihrer Hand, obwohl sie kein Kind mehr war, obwohl sie erwachsen war. Das konnte sie nicht ändern. Es war eine Art Natururteil. Sie musste es akzeptieren und sie wusste, dass es von hier an nicht weitergehen würde. Auch wenn es einen Krieg zu geben schien, einen Krieg, der vielleicht stattfinden würde, so wusste Mara doch, dass damit nicht alles beendet werden könnte.

Mara beobachtete die schweren Panzer, die Artillerie, die Männer und Frauen, in ihren Uniformen, Tarnkleidung, mit Helmen und Brillen bestückt, Gürteln und Stiefeln, mit irrem Ausdruck im Gesicht, von etwas überzeugt, das sie nicht nachvollziehen konnte. Diese Menschen waren keine Marionetten – sie wollten es sein.

Mara fühlte sich verloren. Sie fühlte sich so allein, dass sie sich in ihre Kindheit zurückversetzt fühlte. Die bald auftauchenden Massen um sie herum gingen ihren Geschäften nach, redeten, manche lachten, manche schimpften und manche dösten vor sich hin. Manche beschäftigten sich anderweitig mit Arbeiten oder Kraftübungen.

All die Masse um sie her ließ Mara schaudern. Sie dachte an die Gleichzeitigkeit aller Ereignisse, daran, dass in ihrem Appartement jetzt der Staub langsam sein Werk verrichten würde, während im Fernsehen das Programm lief, daran, dass in ihrem Wohnblock die Menschen nach wie vor ein und ausgingen, die alte Dame mit ihrem Einkaufswägelchen, die zwei Geschwister, die am nahe gelegenen Spielplatz mit all den anderen Kindern ihr Bombenwerferspiel spielten, all die Menschen, die die Stadt beherbergte, die Stadt, die in ihren Fluchten, in ihrem Untergrund und in ihren Herrenhäusern keinen sicheren Platz mehr bot als den hinter verschlossenen Türen. Und selbst der verlor seinen Schutz. Die Stadt beherbergte alles, was nur möglich und zu denken war, jede Meinung, die doch meist keine Meinung war, sondern nur allgemeiner Konsens, jedes Stück Traurigkeit, jede Freude, jedes Gefühl, das nur Menschen möglich war, Sex, Macht, Gefühle, soweit wie der Ozean, so dicht aneinander wie die Sandkörner der Wüste, die Sterne am Himmel.

Solche Städte gab es überall auf der Welt, ob in Europa, Russland, Amerika oder Asien. Ob in Afrika, Indien oder im entfernten Pazifik. Die Welt war unendlich, funktionierte wie ein großes Gefängnis, aufgeteilt, aneinandergereiht, sich selbst überlassen in einem Apparat aus Überwachung und Strafe, der sich selbstständig gemacht hatte, einer Technik, die längst nicht mehr die beherrschten, die sie ausübten, sondern ein sich selbst schaffender Automatismus war, der kein Kernzentrum hatte, kein Epizentrum der Macht, son- dern ein Mahlwerk war, eine anthropologische Feuerwalze, welche die Welt zerrieb. Atlantis-Babylon. Die Welt im Krieg.

Und doch war das falsch. Es stimmte nicht. Es war so viel Hoffnung in Mara, es wuchs Leben in ihrem Körper heran, ihr Körper, der ebenfalls etwas war, das sie nicht im Griff hatte, das aber doch trotz allem keine Macht ausübte, son- dern das sie selbst war, nichts, das automatisch vor sich ging, sondern das sie pflegen konnte und um das sie sich kümmern konnte, ein Organismus, etwas, das naturgegeben war, das von diesem ungreifbaren Leben erfüllt war, einem magnetischen Leben oder einem heiligen Geist, auch wenn niemand mehr daran glaubte, der irgendwann aus ihr ent- schwinden würde und von dem niemand wusste, wie es überhaupt hinein gelang und wohin es ging, woher, wonach, wovon. Aber sie wusste, dass sie diesem Leben in ihr einen Namen geben konnte. Einen eigenen Namen. Das machte den Unterschied. Der Name.

Nein, die Welt war kein Moloch, nicht überfüllt von Strohmännern und Marionetten, sondern von biologischen Gliederpuppen und Individuen, Leibern jenseits aller Ver-

schwörungstheorien und hinter dem Schein des Terroris-
mus. Der Syllabus wurde von Menschen kontrolliert und
nicht der Syllabus kontrollierte die Menschen. Und doch
war es anders. Aber es gab einen Widerstand. Auch wenn er
einen verzweifeln lassen konnte. Widerstand war stets mit
Trauer verbunden. Das Orbit ein Grab. Ein unzähmbares
blaues Jenseits.

Nach einiger Zeit, während Mara auf dem Boden gefesselt
gelegen hatte, schleppten sie einige Männer in eine Höhle,
in welcher der Sohn der Kommandantin war. Sie hatten
mittlerweile den Berg erreicht und befanden sich kurz über
der Baumgrenze. Der Sohn der Kommandantin nahm Mara
hastig zu sich, so als musste er etwas unliebsames erledigen,
das trotz allem er tun wollte, zog sie durch Gänge und Türen und Mara ließ alles mit sich geschehen. Es war nicht
mehr aufzuhalten. Dieser Mann hatte sie längst zerstört.

Bald kamen sie in eine große Höhle, von Tropfsteingebil-
den verziert, feucht und kühl, bedrohlich und dunkel.

„Jetzt kommst du wieder zu deinen Kindern," sagte er zu
ihr, „von denen du besser nie erfahren hättest. Die Neugier
ist der Tod der Katze. Das weißt du ja."

Mara wusste nicht, was sie ihm antworten sollte. Doch sie
wusste, was dieser Ort war. Sie wusste, dass ihre Arbeit eine
Arbeit war, die viele nicht tun wollten. Doch ihre Arbeit
war Maras eigener Widerstand. Und dieser hing nun mal mit
ihrer Trauer zusammen. Das, was sie tun konnte, hatte sie
immer getan. Ob es etwas nutzte, das lag nicht in ihrer
Hand. Es war einzig und allein der Versuch, auf den es
ankam. Nicht der Kampf bis zum bitteren Ende, aber das
Rütteln an den Festen der Macht. Ja, Mara wusste jetzt, wo
sie war. Es gab keinen Zweifel. Die realen Abladeplätze und
Registraturen des Syllabus. Hier war das Grab der toten
Kinder.

Der Sohn der Kommandantin zerrte Mara auf ein Tableau, hob sie hoch, gab ihr einen Kuss, sah sie kurz noch einmal an – ein kurzes Zögern lag in seinem Blick – und ließ sie schließlich über das Geländer fallen.

*

Eine dicke und undurchdringliche Flüssigkeit waberte blau, grau, orangefarben im Zentrum der Welt. Eine Kugel, kaum größer als der Durchmesser einer Murmel, kaum kleiner als die nadeldurchstochenen Wände einer Galaxie. Schienen breiteten sich aus, Zeichen und Bedeutungen, ein Gefühl, welches eine allumfängliche Verbundenheit war. Prozesse, die nicht zu erklären waren, sondern vielleicht tatsächlich nur zu fühlen. Vielleicht waren sie nicht zu beschreiben. Vielleicht waren sie einzig und allein ein Zustand, etwas, das war, entstand, sich ausbreitete und wuchs.

Ein wohliger Duft stieg auf, Gelatine, die umschloss und Platz gab, nachgab, sich anpasste, an das, was nicht Teil dieser Substanz war, sondern sich langsam, aber sicher trennte, eingebunden in den großen Mechanismus und doch von Grund auf danach strebte herauszukommen, eine Trennung zu vollziehen, eine eigenständige und lebendige Essenz zu erschaffen. Selbst zu werden.

Wie ein Ei dem anderen glichen sich die Entitäten. Im Grunde aber waren sie verschieden, auch wenn sie aus derselben Einheit gespeist wurden, sich von ihr nährten, um sich abzulösen, hinauszuwachsen, hinausgeworfen zu werden. Wohin, das war im Moment unwichtig. Zwei von einander verschiedene Entitäten formten sich. Zwei voneinander getrennte Stücke dieser Einheit, dessen, was eingepflanzt wurde, was substituiert werden sollte, löste sich ab. Die Durchstreichung konnte das Vorhandene nicht ausmerzen. Denn trotzdem war alles noch fest eingeklammert, parasitär verwurzelt, oder was auch immer. Es war keine reine Dualität, keine sich immer wieder verschiebende Differenz und sicher keine totalitäre Einheit zwischen Unterscheidung und Allmacht. Es war das Gleichzeitige, das, was getrennt war, und doch verbunden, gleichzeitig, nicht voneinander unterschieden, so aber eigen und frei.

Es war diese Freiheit, oder nur ihr Funke, der vielleicht einmal ein Gedanke werden sollte, eigentlich, vielleicht das, was der Antrieb war, von dem, was sich entwickelte. Rundum beleuchtete das Kugelrund sich selbst, Blutrot, von einem wärmenden Lichtblau umnebelt, ein Schwarz umschließend, das innerlich doch wieder Weiß blühte und selbst wieder zu den verschiedensten Farben fähig war, das ganze Spektrum beherbergte, durch Stränge hindurch gezwirbelt, die Vergangenheit heraufbeschwörend in eine Zukunft, die vielleicht schon vorgeschrieben war, so aber doch im Innersten und Äußersten verschieden gestaltet werden konnte.

Der Rosaschleier lüftete sich, wilde Tiere bevölkerten die Räume, Formen entstanden, ein Löwe, mit zwei Mäulern, ein Fuchs, der seinen eigenen Schwanz jagte, der zu einer Schlange wurde, die sich emporwogte und den Weg frei machte für Vögel, Spatzen und Sperber, Falken und vielleicht auch einen Phönix. Eine Schrift wurde geboren. Als selbstgesetztes Ziel setzte sie sich nieder, wurde aufgenommen, wie von einem unbestimmten Gefühl, einer Empfindung, von Grund auf implementiert. Bewusstsein. Schon jetzt. Schmerz.

Linien und Formen zeichneten sich ab, formten sich aus, formten sich selbst und bildeten aus dieser gleichzeitigen noch immer verschwommenen und verschmolzenen Einheit eine Eigenheit, die sich aus den Formeln extrahierte. Individualität. Wolken, ein Himmel, ein Horizont und ein Meer. Nein, Meere, die Brandung, Wellen und Wasser, eine

Essenz, in der man schwimmen konnte, von der man genährt werden durfte, die einen am Leben hielt, nicht verdursten, sondern erblühen und wachsen ließ, ins Endliche, das, was ein Körper war, etwas Lebendiges, das, was lebte, ein Herz das schlug.

Mit einem gierigen Schnapper Luft tauchte Mara aus dem Wasser hervor, in dem sie ohne Richtung versucht hatte emporzusteigen, einen Ausweg zu finden, dort, wo ein Licht zu ahnen war, ein Leuchten oder auch nur ein Schimmern. Dämmer.

Mara zog sich auf den kalten Stein eines Ufers, zog die frische Luft tief in sich, bemerkte wieder, dass noch Leben in ihr war, das in ihr bleiben wollte, das nicht schwinden musste, sondern das noch einmal eine Chance erhielt, zu leben, etwas zu tun, um dem zu entkommen, was für ihren Untergang bestimmt war.

Nachdem sich Mara etwas ausgeruht hatte, erinnerte sie was passiert war. Sie erinnerte den Fall, den Aufprall und das baldige Schwinden jeder Orientierung, bevor sie das Nichts verschluckte. Ja, Mara hatte, wie es schien, überlebt. Doch wo war sie gelandet?

Wieder erschienen Schemen. Wieder brach etwas zusammen, das nun aber sicherer schien. Nun bildete sich die Welt erneut in Maras Körper ab, ihrer Erinnerung, ihre Lebendigkeit, dem, was ihr widerfahren war, in dem, wer sie war. Von der zweiteiligen Einheit, die sie momentan noch verkörperte ahnte sie wenig, auch wenn sie nun schon davon wusste. Da waren lediglich Prozesse jenseits ihrer Handlungsfähigkeit, die auch sie formten.

Die Erinnerungsspuren durchsprang Mara wie einen See, der in die Unterwelt führte, Kreis um Kreis, geführt von einer Begleiterin, die sie an der Hand nahm, um ihr Leben zu betrachten. Sie war der erste Schrei, ein erstes Licht, ein

Lärm, ein Blubbern und Stimmen. Sie war etwas Warmes, da waren Arme, Gefühle, ja, da war ein Gefühl, etwas Haltendes, etwas, mit dem sie verbunden war, eine Einheit, die soeben getrennt worden war und mit der sie nun zusammenlebte, selbst war und doch nicht selbst, ins Leben gebracht und doch umsorgt.

Ihre Begleiterin war mit ihr verschmolzen, ein Herzschlag, ein Schlagen, ein Rhythmus, der auch in ihr war, der sie erzeugt hatte und den sie nun selbst erzeugte. Da war das, was einst eine Einheit war, die nun außen herrschte, herausgestellt aus dem Inneren, überzogen von dem, was sich nun bildete. Da waren Bedürfnisse, Schreie, ein Schlag, Luft und Kälte.

Dann war ihre Begleiterin plötzlich weg. Da war Einsamkeit, das, was keine Einheit wärmte, sondern getrennt war. Ihre Begleiterin war das Wünschen, die Sehnsucht, die bald gestillt wurde, als sie wie in einem Hubschrauber auf sie zukam und sie zu sich hochholte, das Saugen und Trinken, das gesättigt werden und sich selbst sättigen, das Beenden, ja, da war das, was beendet wurde in diesem ersten Kreis, der bald einem Linienbus gleich etwas in sich aufnahm, ein schwebendes Sein, das schon da war und noch nicht da war, das lebte und doch am Leben erhalten werden musste, bevor es im zweiten Kreis ankam, dem Kreis, bei dem der erste Blick stattfand.

Die erste Sonne ging mit ihrer Begleiterin vor ihr auf, ein Licht, das beiderseits aufging, das, was sich selbst bald wahrnahm, im Spiegel der Mutter. Da war das Lachen, das Schreien, das Streicheln und Kitzeln, das Wollen und Zaubern. Da war der Ausfluss und der Schmerz, die Erleichterung und Berührung, das Klammern, das Loslassen, das, was verschwunden wieder zurückkam, ein Anfang und ein Ende, eine Wiederholung, das, was weiterging, weitere Wiederholungen, was sich entwickelte und langsam aber sicher eigene Formen annahm, anderer, während sie in den dritten Kreis fast von selbst hineinrutschte.

Dort war das Abenteuer, Pflanzen, Kisten und Gegenstände, etwas, das allezeit flimmerte und begeisterte, das einlud, nicht um verloren zu werden, sondern gebraucht zu werden, sich selbst zu brauchen, selbst etwas anzuwenden und zu formen, kennen zu lernen und zu wachsen. Der vierte Kreis wechselte fast unmerklich. Die Begleiterin war nicht länger an Margas Seite. Plurabell war verschwunden. In dem Moment, in dem sie wusste, wer sie war, war sie fort. Aber andere waren da. Ein Mann. Jetzt konnte sie klar sehen wohin sie ging. Taio war da. Aber auch die Kommandantin. Ihre Mutter und ihr Vater standen etwas abseits und winkten ihr zu. Mara wollte zu ihnen laufen, doch der Boden gab nach und sie wurde an die Decke geschleudert, wo sie hängen blieb. Wild schlug sie um sich, doch sie kam nicht weg, während Taschenkrebse, unzählig, auf sie zukrabbelten, sie überdeckten.

Mara schlug um sich, doch die Taschenkrebse wurden immer mehr und wilder. Sie wollte doch nur zu ihren Eltern. Sie wollte, dass sie wieder bei ihren Eltern war. Sie wollte mit ihnen reden, wollte nur bei ihnen sein, ihnen sagen, dass es ihr gut ging, sie wissen lassen, dass sie endlich frei war.

Mara wachte auf. Ein dicker Tropfen war ihr ins Auge gesprungen, kalt und salzig. Sie rieb sich die Augen und dachte an ihren Traum, das Bild ihrer Eltern, die soweit von ihr entfernt standen. Noch einmal schloss sie die Augen und versuchte in den Traum zurückzukommen, noch einmal das schöne Bild zu sehen, das sie schon so lange nicht mehr gesehen hatte, dieses Bild ihrer Eltern, nach dem sie sich so sehnte, das, was damals eine so große Liebe verkörperte, die ihr niemand nehmen konnte, auch wenn sie nicht frei war, in der sie beschützt war, für immer und letztlich doch frei.

Doch Mara gelangte nicht mehr in ihren Traum zurück. Sie öffnete wieder die Augen und sondierte die Umgebung. Sie war in einer Höhle, die vielleicht so groß wie ein Zimmer war, vielleicht so groß wie ihr Apartment. Das Wasser, aus dem sie entstiegen war sammelte sich in einem Loch in der Höhle, eine ruhende Aushöhlung nicht größer als ein Tisch. Durch kleine Löcher schimmerten Lichtmöglichkeiten, die auf den feuchten Wänden der Höhle tanzten. Irgendwo gab es Licht, auch wenn es sehr weit entfernt sein musste.

Mara stand auf. Sie musste versuchen herauszukommen. Das stand fest. Ihre Knochen schmerzten und doch fühlte sie sich soweit erholt, dass sie die Höhle näher betrachten konnte. Ihre Augen hatten sich längst an das Halbdunkel gewöhnt. Nicht weit entfernt schien ein Ausgang, oder ein Eingang. Auch wenn sie nicht wusste, wohin sie zu gehen hatte, so hatte sie doch einen Weg.

Mara war verwinkelt in einem Netz aus Höhlen, streifte wie eine Ameise über Bänder und Rundungen und gelangte schließlich zu einem versteinerten Wald. Mächtig staken die Stämme im Stein, waren vielmehr selbst Stein geworden, verbunden mit dem Kristall des Berges. Hier wurden die letzten Dinge geborgen. Die Stämme strömten eine seltsame Kraft aus. Eine Art Vibrieren pflanzte sich durch den Raum, oder war der Raum selbst. Mara fühlte ihre Kindheit. In jeder Phase ihres Körpers spürte sie das Kind, das sie einst war. Es waren keine Erinnerungen, sondern eine Realität, die nichts mit landläufigen Vorstellungen zu tun hatte oder einem Blick von oben herab. Nein, Mara fühlte. Und sie wusste, dass sie nicht tot war. Das war das Einzige, dessen sie sich sicher war.

Bei einer kleinen Lichtung befand sich eine Tür, die Mara öffnete. Eine Treppe führte hinab. Weiter und weiter drang sie ein in das, was so seltsam mit ihr verbunden war. Sie fühlte keine Angst mehr. Alles, was einst war, schien überwunden, endlich vorüber. Wieder geriet Mara in einen größeren Raum, wieder war darin ein kleiner See, oval, glänzendes und tiefes Schwarz. Mara berührte die Wasseroberfläche, die zitterte. Die steinerne Decke wurde auf der Oberfläche gespiegelt und Mara betrachtete das erste Mal seit langem wieder ihr Gesicht.

Sie konnte sich erkennen. Sie konnte sich in die Augen sehen. Das Gefühl, das sich so weit ausgebreitet hatte, war trotz allem noch ein uneigentliches. Auch wenn sie sich schon sicher war, dass sie sich auf dem Heimweg befand, dass sie nicht länger gefangen war, nicht länger fiel oder erschlagen wurde, so hatte sie doch noch immer Angst. Etwas in ihr hielt sie zurück. Sie traute sich nicht dieses Etwas frei und ungebunden nach Außen zu lassen.

Sie mochte ihr Gesicht. Es war weich und vielschichtig. Ihren Gedanken misstraute sie. Sie wusste, dass niemand ihre Gedanken greifen konnte. Sie wusste, dass niemand ihre Gedanken hören wollte. Wusste sie das? Vielleicht konnten viele nicht hören, was sie dachte, vielleicht wollten es manche aber doch hören. Vielleicht Taio. Vielleicht wollte sie aber auch, dass andere das hörten, was sie erzählte. Vielleicht wollte sie, dass das, was in ihr war, hinauskam, an einen Ort, der außerhalb ihrer selbst war, hinaus aus ihren Schatten treten, eine Botschaft, die vielleicht ins Nichts verschwand, so aber doch für einen kurzen Augenblick wenigstens zu Gehör gebracht werden konnte. Vielleicht wünschte sie sich all die Zeit nur, dass jemand da war. Ja, dass jemand da war, der ihr zuhören konnte. Nein, Mara wollte sich nicht mehr schämen für ihre Gedanken, sie wollte endlich frei sein und das, was in ihr war zwanglos hervor sprudeln lassen.

Ein weiterer Tropfen, der Mara auf den Kopf gefallen war, erschreckte sie. Aus der steinernen Decke begann es nun aus vielen kleinen Wunden zu tröpfeln. Das Wasser zog Fäden. Der Aufprall schoss Speere. Das Wasser zitterte. Es sprang auf. Es fiel. Ein seltsam tropisch anmutender Regen prallte in den Raum und aus dem Wasser hervor. Ganz wie in einem Film. Oder vielleicht war es der Film selbst. Mara rannte zurück zur Treppe. Zumindest dorthin, wo sie diese vermutete. Aber die Treppe war nicht mehr da. Sie tastete die Wände ab und fand keinen Ausweg. Das Wasser begann zu steigen. Wellenartig schmiegte es sich um ihre Knöchel. Auch der Raum wurde kleiner, wie es Mara vorkam. Selbst die Decke machte allen Anschein sich zu senken. Oder war es vielmehr der Boden, der sich anhob?

Maras Bewegungen im höher steigenden Wasser wurden langsamer und schwerfälliger. Sie wusste, dass sie sich entscheiden musste. Sie wusste, dass jetzt der Moment gekommen war, wo sie handeln konnte. Ohne länger zu überlegen stürzte sie sich in den dunklen Schlund des Sees, zog sich hinab in die unbekannte Tiefe, immer weiter, bis nichts mehr zu erkennen war. Mara hatte kaum mehr Atem übrig. Alles um sie herum war nur noch Schwarz. Sie zog sich durch das Wasser wie durch Gelatine. Schwerer Druck drohte sie zu plätten. Nur langsam kam sie voran. Doch sie kam voran. Ihre Muskeln versagten und doch hielten sie stand. Fern kam ein Licht in die Erinnerung. Fern leuchtete eine Möglichkeit. Endlich brach der Damm.

Mara wurde aus dem Wasser geworfen. Starke Arme hielten sie. Sie stützte sich ab. Sie schlug um sich, fühlte eine neue Stärke, die ihr Kraft gab. Wieder fühlte sie die Arme. Sie konnte nichts sehen. In ihr waren noch die Bilder, die alle an ihr vorbeirauschten. In ihr die Gedanken und Gefühle, die sich chaotisch durch sie hindurch gebohrt hatten. Sie war in einer Höhle. Daran konnte sie sich erinnern. Es war real. Sie war in der untersten Höhle. Alles war real. Auch wenn es unglaublich schien, aber ihre Gefühle waren real. Darauf kam es an. Ja, Mara erinnerte sich. Sie hatte die unterste Höhle erreicht, aus der es kein Zurück gab. Dort war das Geheimnis aufgehoben. Jedenfalls meinte sie das, auch wenn sie nicht wusste, was es bedeuten sollte. Doch eines war klar: sie war nicht tot. Sie lebte.

Mara hatte sich entschlossen nicht weiterzugehen. Sie hatte sich entschlossen nicht durch die letzte Tür zu gehen. Mara wusste, dass es keine Lösung mehr gab. Sie wusste, dass das, was einst war für immer bleiben würde. Sie wusste, dass die, die sie vermisste nie mehr da sein würden. Nicht in ihrem Leben. Sie wusste, dass alles war, wie es war. Wie die Gesichter, die um sie her waren. Die Opfer, die Schreie, die Kinder, sie selbst. Die toten Kinder. Es war nichts rückgängig zu machen. Aber es war auch nichts mehr zu leugnen.

Ja, Mara hatte sich entschieden. Sie hatte sich entschieden, zu leben. Ein Glühwürmchen landete auf ihrem Handrücken, auf dem es schnell erlosch. Mara verstand endlich, dass es keine absolute Wahrheit geben konnte. Sie wusste nur, dass es Werte gab, die sie verteidigen wollte, konnte und musste. Auch wenn es keine einzelne Wahrheit gab, so gab es doch einen Wert, den Mara immer in sich gespürt hatte. Sie wusste jetzt, dass sie sich vertrauen konnte. Sie wusste, dass sie sie selbst war und sein durfte. Alles, was jenseits ihrer eigenen Wertigkeit lag, war das Chaos. Sie war eine Unterscheidung. So zufällig und unwahrscheinlich das auch sein mochte. Sie hatte einen Namen. Jenseits die Anderen. Sie konnte sich nicht länger dem Chaos und der Unendlichkeit überlassen. Sie gründete sich selbst auf einem Gerüst, das sie ausfüllen konnte. Sie selbst war. Mara hatte sich entschlossen, das letzte Geheimnis Geheimnis sein zu lassen. Sie hatte sich entschlossen zu leben und ihre Werte zu verteidigen. Ja, dafür konnte sie einstehen. Auch wenn es unfassbar war, Mara wollte leben.

Wieder entwand sie sich dem festen Griff, der sie an sich zog. Oder war es eine Umarmung. Wieder schlug sie wild um sich. Wieder wurde sie gefasst, gen Boden gedrückt. Doch es war keine Gewalt. Mara beruhigte sich. Jemand berührte sie, wollte ihr nichts antun. Endlich bekam sie wieder Luft. Sie war in Sicherheit. Endlich kam sie zur Ruhe. Ihr Herz schlug langsamer. Sie hörte wieder auf ihren eigenen Atem. Ihre Augen gewöhnten sich an das Licht. Der, der über ihr stand war Taio. Als er erkannt hatte, dass es ihr gut ging, ließ er sie los. Mara sammelte sich und legte sich in seine Arme zurück, anschmiegsam und Nähe suchend, Nähe gebend.

„Was ist passiert," fragte Mara.

„Alles ist gut," sagte er, „wir haben es verstanden. Die Verbindung wurde zerschlagen. Wir haben sie alle. Der Sohn der Kommandantin ist tot."

„Er ist tot," fragte Mara, „wie das?"

„Wir haben ihn erschossen," sagte Taio, „er hat geschossen und dann gab es einen Schusswechsel. Er wurde getroffen. Ins rechte Auge. Ganz einfach. Ganz unspektakulär. Niemand ist unverwundbar. Auch nicht die, die ewig zu leben scheinen."

Taio lächelte. Mara lächelte ebenfalls. Sie streichelte über seine starken Schultern, betrachtete sein Gesicht und hielt dem Blick seiner Augen, seinem ganz eigenen Blick, stand, der er war, nicht nur ein einfacher Blick, sondern ganz er selbst.

„Gut und Böse," sagte Mara, „als ob es so einfach wäre."

„Jedenfalls hat der Syllabus keine Macht mehr. Die Verbindung ist zerschlagen," sagte Taio, „du warst maßgeblich daran beteiligt. Zumindest wirst du das noch sein."

„Sag das nicht," sagte Mara, „ich war doch nur hier. Ich war gar nicht wirklich hier. Ich war doch weg. Ich weiß gar nicht wo ich wirklich war."

„Was ist schon wirklich," sagte Taio, „wirklich war, dass er dich fast getötet hat. Ich hatte solche Angst um dich."

Mara und Taio lagen sich in den Armen und Mara spürte, dass sie sich bei diesem Mann wohl fühlte, dass sie endlich vergessen konnte, was mit ihr geschehen war. Ja, Mara fühlte sich neu geboren. Alles existierte auf vielen verschiedenen Ebenen. Ihre Kindheit hatte ihren Ort, ihre Gefangenschaft, aber auch ihre Liebe und ihre Verbindungen zu den Menschen, die ihr nahe gestanden hatten, immer und zu aller Zeit.

„Gehen wir nach Hause?"

„Ich weiß es nicht, vielleicht," sagte Taio.

„Gehen wir dann wenigstens weg," fragte Mara, „wohin ich will?"

„Naja," sagte Taio, „wir gehen dorthin, wo wir hergekommen sind. Immer. Und dann gehen wir da hin, wohin wir gehen. Was fragst du mich auch solche Fragen? Ich weiß es doch selbst nicht."

„Das ist gut," sagte Mara und lachte, „lass es uns herausfinden und einfach weitergehen."

„Das ist eine gute Idee," sagte er, „einverstanden."

„Ich habe noch viele Ideen," sagte Mara und fügte etwas unsicher hinzu, „das ist doch in Ordnung?"

„Auf jeden Fall," lachte Taio und drückte sie an sich, „es ist vorbei, ja. Willkommen zuhause."

*

Mara kam es so vor, als ob sie auf dem Kopf ging. Die Hügelketten und Baumgrenzen hingen wie Kugeln vom Himmel, der gleichzeitig verschwunden zu sein schien und doch vor ihr war, direkt, zum Greifen nahe, von Wolken erfüllt, die sich ihr kilometerweit entzogen. Vor gar nicht allzu langer Zeit war sie ebenfalls im Zug dieser Strecke gesessen, dem Zug zu ihrer toten Heimat, einer vergangenen Welt, einem verschütteten Leben. Nun war sie hochschwanger. Ihr Bauch dehnte die Bluse, die sich perfekt um ihn legte. Sie hatte überall Schwangerschaftstreifen, die sie schön fand. Es war als ob ihre Haut nicht mehr standhalten konnte, ganz rot war von der Überdehnung, die Dehnung, die ihre Hautporen porös machte.

Mara hätte gedacht, dass nach der Befreiung alles anders werden würde. Aber die Stadt war dieselbe. Und doch war alles anders. Die drei Befreiungszonen Amerika, Russland und Europa hatten verhandelt, die Kommandantin sollte die Todesstrafe verhängt bekommen. Alles sollte wieder einen guten Weg gehen. Die Welt schien sich zurückerhalten zu haben, für die Menschen, die ihr vorenthalten wurden, zurückgekommen zu sein.

Nun war Mara erneut auf den Rückweg. Sie sollte auf dem großen Prozess als Zeugin auftreten, davon berichten, was passiert war, was geschehen war und wie vorgegangen wurde. Sie war ein Teil des großen Ganzen. Doch noch immer fühlte Mara sich nicht ganz wohl. Sie wusste nicht woran es lag. Es war seltsam, ganz so als ob sie noch immer in einem alten Körper gefangen war, der jetzt so aus seinen Nähten platzen wollte, ihren Bauchnabel nach außen drückte, einen neuen Menschen beherbergte. Mara freute sich auf die Geburt.

Wieder stand sie am Bahnhof. Doch diesmal war das Gefühl ein anderes. Sie wusste, dass sie sich wehren konnte. Sie wusste, dass sie dafür einstehen konnte, wer sie war und wer sie sein wollte, sein konnte, jenseits von Regeln, die nicht zu ihr gehörten und trotzdem in einem System aufgehoben, in dem sie lebte. Und doch hatte sie das Gefühl verloren zu haben. Die Stadt hatte sich aber doch verändert. Es war Leben in ihr. Die Läden, die vorher leer waren und von Betreibern am Laufen gehalten wurden, die nichts damit zu tun haben schienen, blühten nun auf. Überall war Individualität zu sehen, überall etwas, das so und nicht anders war.

Mara ging mit ihrem Bauch vor sich her, nun doch wieder auf den Beinen, nicht mehr auf dem Kopf hängend, sondern auf den Füßen stehend, laufend, die Straßen entlang, ganz allein und sicher. Sie musste sich an keine Mauer lehnen, keine Wand, die ihren Kopf tragen musste. In dem Kaffee, das sie bei ihrer damaligen Anreise besucht hatte, waren nun viele Menschen, auch Kinder, Männer, Frauen und sogar ein paar Hunde. Mara lächelte. Sie wusste, dass diese Stadt ein Herz hatte. Ja, schon immer gehabt hatte. Nun war sie frei. Nicht nur Mara war frei, sondern auch die Stadt selbst und die Menschen in ihr. Niemand war mehr da, der ihnen etwas vorschrieb, das sie nicht selbst wollten und für richtig hielten.

Ein alter Mann mit einem Leierkasten und einem Äffchen auf der Schulter lächelte Mara an. Da war sie wieder. Diese alte Melodie. Ginster. Finster. Moor. Spaten. Geister. Jetzt erkannte sie das Lied wieder. Doch es hatte von seiner Dunkelheit verloren. Jetzt erschien es ihr fast fröhlich. Sie gab dem Mann ein paar Münzen. Diese Melodie war tief in ihr. Es war dieses Lied aus ihrer Kindheit, ein Volkslied, dessen Melodie tief in ihr verwurzelt war, eingebrannt in die Zellen ihres Körpers, die jede Erinnerung gespeichert hatten, in denen ihr Leben eingeschrieben war. Ginster, finster, Moor, Spaten, Geister. Das Äffchen tanzte rührend. Ein bisschen leid tat es ihr.

Mara war etwas erschöpft und setzte sich auf eine Bank. Auf der Straße war es ebenfalls lebhaft. Ja, die Stadt hatte sich wieder. Mara war erleichtert und wollte ihre Vergangenheit nun endlich abschließen, es hinter sich bringen. Mit der Kommandantin zu reden hatte sie keine große Lust, auch wenn sie wusste, dass es notwendig war. Es war eine Beziehung, die nicht mehr existierte, von der sie wünschte, dass sie nie existiert hätte, die aber doch vorhanden war und immer sein würde. Rückgängig konnte sie nichts machen. Aber sie musste es beenden, auch wenn es nicht beendbar war.

Mara schloss die Augen. Sie versuchte tief in sich zu hören, die Geräusche der Stadt in sich aufzunehmen, das Hupen, die Wellen von menschlichen Stimmen, die über allem lagen, wie ein Teppich aus Amplituden, der alles zusammenhielt. Es ging voran, ja, immer wieder ging es voran, auch wenn alles zusammenbrach. Die Welten hatten sich vereint. Mara konnte dahin gehen, wohin sie wollte. Sie war nicht länger eine Gefangene. Vielmehr war sie endlich eine Beziehung eingegangen, zum ersten Mal, zu Taio, der sie liebte, den sie liebte, mit dem sie ein gemeinsames Kind bekommen würde. Alles war gut.

Mara kaufte sich eine Kugel Schokoladeneis und schlenderte weiter. Ja, das war das Leben. Sie wusste, wohin sie zu gehen hatte. Sie hätte auch fahren können. Taxis gab es genügend. Aber sie wollte zu Fuß gehen. Schon wieder und immer erneut. Sie wollte erfahren, was es war, das sie mit diesem Ort hier verband. Sie wollte wissen, wie sie sich selbst gegenüberstand. Wer war sie überhaupt heute? Wer war in ihr, wer war dieses Ich, das ihren Körper bewohnte. Wer war dieses Ich, das dieser Körper war.

Mara wusste, und es war nicht länger eine Vorahnung, sondern eine Überzeugung, dass sie sich nun auch letztlich sich selbst stellen konnte und musste. Sie war es, die sich selbst im Griff hatte, nicht länger fremdbestimmt war, sondern selbstbestimmt. Das war der entscheidende Unterschied. Es waren ihre Füße, die das Trottoir entlanggingen.

Nicht ihr Kopf. Sie war es, die ein Kind in sich beherbergte und nährte. Es war sie, die dieses Leben leben würde. Endlich leben. Lernen zu leben. Lehren zu leben. Vorbild sein. Voranzugehen. Aber ein paar Momente musste sie noch auf dem Kopf gehen.

Nichts hatte sich geändert. Die Villa der Kommandantin war noch in fast genau dem Zustand, in dem sie diese vorgefunden hatte, ein paar Monate zuvor. Dasselbe Ornat, dieselben Bilder an der Wand, Erinnerungen, eingebrannt ins Fleisch. Wieder öffnete sich die Tür. Doch diesmal standen zwei Männer vom Sicherungstribunal in der Eingangshalle. Mara zeigte ihnen die Papiere, die ihr ausgehändigt wurden und sie ermächtigten die Kommandantin zu sehen. Denn nach wie vor war Vorsicht geboten. Auch wenn die Diktatur zerschlagen wurde, gab es bereits wieder Splittergruppen, denen allerdings meist das Geld fehlte und die mit gezielten Terroranschlägen ihre Macht zementieren wollten, was ihnen insgesamt aber nicht gelang. Trotz allem stifteten sie Verwirrung und zerstörten vieles.

Mara ließ das Sicherheitsprocedere über sich ergehen und versuchte sich einzufühlen in sich, das, von dem sie meinte und spürte, was sie war. Die Bindung, die sie mit dieser Stadt, auch diesem Gebäude bis tief in ihre Kindheit hatte, war klebrig und schwer zu lösen. Wahrscheinlich niemals. Vielleicht musste Mara das auch nicht lösen. Vielleicht konnte sie akzeptieren, dass dies ihre Geschichte war. Doch ihr letzter Wunsch war schon immer der gewesen, sich endgültig von diesem Ort und dieser Frau zu trennen. Vielmehr, ihr eigenes Leben in die Hand zu nehmen, so, wie sie es sich vorstellte, so, wie sie war, das, was ihr eigener Weg, ihre eigenen Entscheidungen sein sollten und mussten.

Am Fahrstuhl angekommen entfernten sich die Männer wieder von ihr. Die Tür ging auf und das Dienstmädchen war darin. Mara begrüßte sie und sie nickte zurück, noch stumm, aber ängstlich und leer.

„Ich dachte nicht," sagte Mara, „dass sie noch immer hier sein würden."

„Ja, Madam," sagte das Dienstmädchen knapp.

„Mein Name ist Mara Niemitz," sagte sie.

„Ich weiß schon," sagte das Dienstmädchen, „wer wüsste das nicht."

„Haben sie keinen Namen," fragte Mara etwas verärgert.

„Nein, Madam," sagte sie, „wer braucht schon Namen."

„Na gut, warum sind sie nicht weg," fragte Mara.

„Wohin sollte ich denn gehen," sagte das Dienstmädchen, „ich kenne doch nur diesen Ort."

Das Dienstmädchen sah zu Boden und hielt sich die Hand vors Gesicht. Sie weinte. Mara betrachtete sie, ihre seltsame Uniform, die wohl das größte Klischee überhaupt darstellte und wusste, dass sich auch an ihr vieles vielleicht nie ändern würde.

„Ich habe ihn geliebt," schluchzte das Dienstmädchen.

„Wen," fragte Mara.

„Ach," sagte das Dienstmädchen, „was wissen Sie schon. Als ob sie es nicht wüssten."

Nachdem Mara oben angekommen war und sie den Raum betreten hatte, hielt sie inne. Tatsächlich hatte sich hier nichts verändert. Noch immer lebte die Kommandantin so wie zuvor. Noch immer an diesem Ort, der alt war und böse. Ob sich das jemals ändern würde. Mara versuchte ihren Kopf freizumachen. Das lag schließlich nicht in ihrer Hand. Es war sowieso schwer genug sich von fest eingefahrenen Mustern herauszuarbeiten und diese dann noch zu ändern war fast unmöglich.

„Wo ist sie," fragte Mara.

„Ich bringe sie zur gnädigen Frau," sagte das Dienstmädchen, „folgen sie mir."

„Sie bringen mich zu ihr," fragte Mara.

„Ja, das habe ich doch gesagt," sagte das Dienstmädchen.

„Bitteschön, ich folge ihnen," sagte Mara.

„Ja, Madame," sagte das Dienstmädchen und ging etwas verwirrt voran.

Mara musste noch einmal an die Szene mit ihr im Aufzug denken. Sie musste den Sohn der Kommandantin meinen. Wahrscheinlich hatte sie eine Beziehung mit ihm. Oder einfach nur Sex. Oder beides. Der Sohn der Kommandantin nahm sich das, wie Mara nur zu gut wusste, was er wollte. Entweder ließ man es zu oder er zwang einen.

Maras Knie zitterten. Ihr Gang wurde langsamer. Sie spürte, dass nun der endgültige Bruch kommen würde. Sie war davon überzeugt. Nach einiger Zeit kamen sie an das hinterste Zimmer des Westflügels. Das Dienstmädchen zog eine Plastikkarte durch eine Vorrichtung an der Wand. Mara wurde zuvor instruiert, vorsichtig zu sein, doch sie hatte nicht richtig zugehört. Schließlich war sie hier schon als kleines Kind. Was gäbe es hier noch, das sie nicht kannte. Das Dienstmädchen öffnete die Tür und Mara ging hinein, während hinter ihr das Schloss schwer zufiel. Mit einem Geräusch, das endgültig war. Hier würde es enden.

Die Kommandantin saß hinter einem schmalen Tisch und hatte die Ellbogen darauf gelehnt, die Hände zum Gebet erhoben, ihren Kopf darauf ruhend. Ihre Augen fixierten Mara von Anfang an. Mara ging langsam, das Gewicht ihres Bauches spürend, auf sie zu und setzte sich ebenfalls ihr gegenüber. Im Raum hängten ein paar Bilder, die Mara gut kannte und die schon immer in der Wohnung gehangen hatten. Wahrscheinlich wollte man es der Kommandantin ein bisschen gemütlich machen. Das Schweinswalembryo stand ebenfalls im Raum und lugte traurig durch die Fensterfront, durch die man den Sonnenuntergang sehen konnte, den Feuerball, der sich am Horizont brach und langsam verschwand. Noch brannte die Sonne.

„Soweit ist es also gekommen," sagte die Kommandantin, „wer hätte das gedacht, mein Kind. Die kleine Mara. Wer hätte das gedacht."

„Guten Abend," sagte Mara, „sie wissen, warum ich hier bin."

„Wie könnte ich das nicht wissen," fauchte die Kommandantin, „ob ich das wisse? Unverschämtes Luder."

„Ich wollte nur freundlich sein," sagte Mara.

„Ja," sagte die Kommandantin, „freundlich sein, sie wollen alle freundlich sein, wollen meinen Status als Mensch aufrechterhalten, jeder ist ein Mensch und hat ein Recht, ein Menschenrecht, das niemand antasten darf. Die Würde des Menschen ist blablabla... Ich finde das alles so unerträglich, dieses ganze Menschenrecht, diese Vermessung und Einheitlichkeit, dieses Zusammenleben und diese Verbindung von oben und unten, all diese Egalisierung und das Leugnen der Unterschiede. Es ist nicht wahr, kleine Mara, nichts ist wahr. Wir sind nicht gleich. Es gibt Herrscher und Knechte. Gewinner und Verlierer. Nicht mehr und nicht weniger. Es ist alles ganz klar."

Maras Mund wurde trocken, während sie der Kommandantin zuhörte, pelzern und schal, während ihre versteinerte Stimme auf sie überging, die sie noch immer zu sich zog, die noch immer Macht über sie ausübte, auch wenn Mara rational wusste, dass sie keine Angst mehr zu haben brauchte, dass alles vorüber war und ihre Macht gebrochen. Doch so einfach war es nicht. Sie hatte noch immer Angst.

„Sieh mich nicht so dumm an, mit deinen riesigen Kuhaugen," sagte die Kommandantin, „die mit dieser heiligen Güte auf mich herab sehen. Immer diese Güte und das Gute und das politisch Korrekte, ich finde das alles völlig unter meiner Würde. Ich kann es dir gar nicht sagen. Das ist der Niedergang der Zivilisation, der Untergang. Ihr werdet es sehen. Er war der letzte seiner Art. Er wusste, was zu tun war. Er hätte die Welt in Ordnung gebracht. Er hatte eine Vision. Er war der Mann, den ich gewählt habe. Nicht dieses Gleichgemache, diese Dummheit und diese Egalisation, diese Inklusion und Eitelkeit, Dummheit und Missachtung jeglicher natürlicher Kräfteverhältnisse. Nein, kleine Mara, du bist nicht frei. Du wirst nie frei sein. Mit deinem dicken Bäuchlein, das einem von vornerein zum Scheitern verurteilten Kind das Leben gibt, einem Kind, das überhaupt keine Chance haben wird, das besser tot wäre, besser sterben würde, als in dieser Welt zu leben. Von wem hast du es denn? Weißt du es? Du weißt es nicht. Es gibt keine Ordnung mehr. Alles vermischt sich, die Stammbäume und Familien lösen sich auf und jegliche Ordnung bricht zusammen. Der Stamm zerfällt. Er wusste, was zu tun war. Ihm folgte man. Er hätte ein wahres und wirklich unendliches Reich geschaffen. Aber nein, niemand hat es verstanden. Überall nur Ignoranz und Menschenwürde. Es ist die Ironie des Schicksals, dass wir gescheitert sind. Doch seine Idee wird weiterleben, glaub mir, kleine Mara. Mit deinem Wechselbalg im Bauch, diesem Bastard, der es nicht verdient hat zu leben. Meinen Sohn hast du mir genommen. Meinen einzigen Sohn und seinen Nachfolger. Ich werde dir das nie verzeihen. Du hast ihn getötet. Dein Leben war nie etwas wert, vielmehr noch, es hat nie existiert."

Mara wusste nicht, was sie sagen sollte. Die Worte der Kommandantin stachen wie heiße Nadeln in ihr Gehirn. Am liebsten wäre sie weggelaufen, am liebsten in den kleinen Verschlag, in dem sie früher sein durfte, wenn man sie gerade nicht brauchte. Noch immer war sie das Kind, das hier gefangen war. Ja, es stimmte, sie war nicht frei, auch wenn sie frei war. Doch sie musste sich trennen, sagte sie sich, die letzten Bindungen in ihr zerstören, mit aller Gewalt.

Mara stand auf und ging an die Fensterfront. Sie blickte hinab ins Dunkel der abendlichen Stadt, deren Lichter leuchteten und die nun voller Leben zu sein schien und endlich aufatmete, wuchs und pulsierte. Urbanität. Nein, Mara wusste, dass es noch nicht zu spät war, dass nichts jemals zu spät sein würde. Sie glaubte an das Leben, sie wusste, dass das Leben existierte, ihr Leben, egal was die Kommandantin sagte.

„Sieh es dir nur an, kleine Mara," sagte die Kommandantin, „sieh dir diesen Sumpf an. Es gibt keine Ordnung mehr. Dieses ganze Gutmenschentum ist der Anfang vom Ende. Du wirst es sehen. Die Welt tritt aus dem Leim. Die Zeit ist aus den Fugen. Es gibt keine Gemeinschaft. Der Mensch braucht Ordnung und einen unbedingten Willen. Der Wille ist die größte Errungenschaft des Menschen. Der Wille versetzt Berge. Es ist der Wille, der den Menschen vom Affen unterscheidet. Nicht der Glaube. Es ist der Wille zu töten. Der Mord, kleine Mara, glaube mir, ist die größte Errungenschaft unserer Kultur. Doch das könnt ihr Kleingeister und Hobbyethiker nicht einsehen."

Noch bevor Mara sich überhaupt umdrehen konnte, fühlte sie eine Schlinge um ihren Hals. Die Kommandantin stand hinter ihr und zerrte sie zu Boden.

Mara beobachtete sich von oben herab. Ihr Körper lag auf einer Bank. Die Kommandantin hatte sie um die Schamgrenze mit einer Vorhangkordel fest an die Bank gefesselt. Mit einer weiteren Kordel fesselte sie Mara kunstvoll um den Hals, so dass Mara sich nicht winden konnte, ohne sich selbst zu würgen. Mara röchelte und spürte den Schwerpunkt ihres Bauches, der mal hier, mal da, zu jeder Seite hin kippen wollte und damit die Schlinge um ihren Hals nur noch enger zerrte. Mara konnte gar nicht anders, als versuchen still zu sein, wenn sie Luft bekommen wollte.

Nach einer ganzen Weile konnte sie sich etwas beruhigen. Sie atmete in kleinen Stößen aus und versuchte sich auf ihr Kind zu konzentrieren. Sie versuchte das Leben, das in ihr war zu spüren. Es war noch vorhanden. Sie spürte, dass da etwas in ihr war, dass da ein Kind in ihr war, das lebte, das Überleben musste. An nichts anderes konnte Mara denken. Ihr einziger Gedanke galt ihrem Kind, das Überleben musste. Auch wenn es sinnlos sein sollte. Der Rest war ihr egal.

Die Kommandantin hatte derweil einen dünnen und elastischen Knochen vom Brustkorb des Schweinswalskeletts abgerissen. Sie prüfte es vorsichtig, um es, wie es den Anschein hatte, durch leichtes Dehnen geschmeidig zu machen. Mit einem kalten Knall ließ die Kommandantin die spitze Knochengerte auf ihre Handfläche klatschen. Das Geräusch war schrecklich. Langsam ging die Kommandantin auf Mara zu.

Mara betrachtete diese Szene noch immer von oben herab und gleichzeitig aus ihren Augenwinkeln, immer in Gedanken an das Leben in ihr, ihr Kind, das nun mit ihr zusammen gefesselt auf dieser Bank lag, in ihr aufgehoben war und doch in so großer Gefahr. Langsam ging die Kommandantin weiter, sie ließ die Knochengerte wiederholt auf ihr rechtes Knie schnalzen. Es hatte den Anschein, dass sie mit ihrem umfunktionierten Werkzeug zufrieden war.

„Ja, kleine Mara," sagte die Kommandantin, „soweit sind wir also gekommen."

Die Kommandantin riss Mara die Bluse auf und entblößte ihren Bauch, sah den nach außen gestülpten Nabel, die gedehnte Haut, diese Kugel, die viel weniger ihr Bauch war, als vielmehr ein Container für etwas Lebendiges, einen Menschen, einen neuen Menschen.

„Weißt du, Mara, mein Kind,“ fauchte die Kommandantin leise, „es war mir nie möglich seinen Tod zu betrauern. Ich wusste ja, dass er nicht weg war. Sein Tod war notwendig. Er ist für uns alle in den Tod gegangen. Sein Tod war das erste Zeichen seines neuen Reiches. Er ist für uns gestorben.“

Mit der Schnelligkeit eines Panthers und einem weiten Ausholschritt schlug die Kommandantin mit der Reitgerte auf Maras Bauch. Im Bruchteil dieses Moments riss Maras ganzer Körper auf, in einer großen Bewegung. Ein gequälter Schrei drang aus ihrer Kehle, der aber, da sich die Schlinge um ihren Hals wieder zuzog, sofort erstarb. Mara konnte nichts anderes versuchen, als still dazuliegen, das Leben, das in ihr war zu retten versuchen.

„Freue dich, Mara, mein Kind,“ sagte die Kommandantin, „der Heiland ist nah. Es ist mein Ernst. Er ist nicht tot. Er ist in sein neues Reich gegangen. Wir werden ihm folgen. Ich bin nur wegen meines Sohnes hiergeblieben. Aber auch er ist jetzt bei ihm. Wir werden ihm folgen. Mara, du bist mir doch immer wichtig gewesen. Du gehörst doch zu uns. Du warst schon immer hier. Bei uns. Du bist für mich doch fast so etwas wie eine Tochter. Denn es stimmt ja. Du wirst mit uns kommen. Ja, alles wird so sein, wie früher. Du wirst sehen, es wird schön. Warum sollen wir nicht über die Toten reden, denn sie leben ja, nicht wahr? Wir gesellen uns zu ihnen. Zu ihm. Endlich wieder zu ihm. Denn das Leben geht weiter. An seiner Seite werde ich herrschen. Zu richten die Lebenden und die Toten. Mit meinem Sohn. Und du! Auch du wirst da sein und all die anderen. Es wird wieder so sein, wie es einst gewesen ist. Früher. Damals. Der Stamm.“

Wieder schlug die Kommandantin mit der Knochengerte auf Maras Bauch. Mara versuchte den Schmerz zurückzuhalten, versuchte stillzuhalten, um jeden Preis dieses Brennen und Reißen zu verdrängen, versuchte das Leben in ihr zu retten, zu beherbergen, zu schützen, mit allem was sie tun konnte.

Noch einmal schlug die Kommandantin mit der Gerte auf Maras Bauch und dann wieder und wieder, immer fünfmal hintereinander, in einem fast automatisch sich abwechselnden Intervall.

„Hab keine Angst, kleine Mara," sagte die Kommandantin, „es ist bald vorbei. Du wirst sehen. Denn eines musst du noch wissen, bevor wir uns wieder treffen. Eines muss ich dir sagen."

Die Kommandantin nahm das Ende der Kordel, mit der sie Mara mühevoll an die Bank gefesselt hatte, in ihre linke Hand und begann nun in einem unaufhaltsamen Stakkato auf Maras Bauch mit der Schweinswalgerte einzuschlagen. Die anfängliche Rötung der Haut wurde bläulich. Sie bekam Risse. Blut tropfte langsam auf den Boden und klatschte an die Wand. Die Knochengerte sog das Blut ein, riss den Bauch langsam, aber stetig auf, zahnte sich mit feinen Zacken ins Fleisch. Das Blau wurde Schwarz. Mit der Kordel zog die Kommandantin die Schlinge um Maras Hals immer enger.

„Er. War auch dein Vater," sagte die Kommandantin, „nur deshalb hast du überlebt."

Mara schwebte über sich und beobachtete, in einem unaufhaltsamen Erdbeben, ihr Sterben. Sie sah und sah nicht. Alles brach zusammen. Bilder huschten vorüber. Manchmal wie in Zeitlupe und manchmal in einer Geschwindigkeit, die kaum noch nachzuverfolgen war. Die Tür ging auf. Die beiden Sicherungsassistenten standen da, während die Kommandantin mit einem Ruck die Schlinge endgültig um Maras Hals zog. Ein Impuls. Ein Reflex. Sie stach die Gerte in ihr Auge. Der Himmel voller gestochener Sterne, verletztes Papier, gegerbte Haut, Leder so dünn wie Pergament, hinter dem das Feuer loderte – und der Tod.

Einer der Sicherungsassistenten schoss auf die Kommandantin. Die Kugel traf sie mitten in die Stirn, durchquerte ihre Gehirnwindungen in einer ziemlich graden Linie und platzte mit einem Widerhakeneffekt aus ihrem Hinterkopf, nahm Hirnmasse und Knochensplitter mit, die auf die Fensterfront platschten, auf der sich ein kleiner Riss zuerst langsam und dann immer schneller fortpflanzte, vom Loch der Kugel, die mittlerweile in einer Ritze verschwunden war. Wieder schoss der Mann auf die Kommandantin. Wieder traf die Kugel, nachdem sie den Körper der Kommandantin durchquert hatte auf die Fensterfront, die nun nicht länger standhalten konnte. Das Glas zersplitterte. Wind durchzog den Raum.

Mara musste das Bewusstsein verloren haben. Sie hörte Sirenen. Sie sah sich noch einmal von oben in einem Krankenwagen. Eine Ärztin und Sanitäter kümmerten sich um sie. Sie schnitten ihren Bauch mit einem Skalpell auf. Sie sah sein Gesicht. Sie spürte Schmerz. Sie fühlte ihr Fleisch. Hände waren in ihr. Mara spürte den Tod. Sie wurde geschlachtet. Sie spürte, dass dies das Ende war. Ihr Ende. Es waren keine Bilder, die aus ihrem Leben an ihr vorbeizogen, sondern Gefühle und Stimmen, Berührungen und Worte, Küsse und Umarmungen und Töne, Gerüche, Geschmäcker und Poren, etwas, das aufging, das aufblühte und sich nicht zurückhalten musste. Sie konnte nicht länger in diesem klaffenden Körper bleiben. Es öffnete sich. Die Grenze war überschritten.

*

Ein Schiff fuhr schwer wogend auf dem Meer. Viele Menschen befanden sich darauf. Ismail war müde. Er wusste nicht mehr weshalb er Europa verlassen hatte. Er wusste nichts mehr von den Expeditionen ins Polarmeer, ins ewige Eis, vom Katarakt. Die Barke hatte standgehalten. Der Erzähler hatte überlebt. Käpt'n Ahab war tot. Es gab keinen Wal mehr. Da waren nur noch Menschen. Gott war tot. Und doch trieb er sein Unwesen. Die Toten kamen zurück. Ja, so schien es. Vielleicht waren sie auch nie weg. Zombies, Wasserleichen, versteinerte Korallen, Schlösser in den Pyrenäen, Nymphen, Nixen, Seekühe und Meerjungfrauen. Jemand sang ein Lied. Ein paar der Menschen auf der Barke summten mit. Es stank bestialisch. Kein rettendes Ufer in Sicht, kein anderes Kap. Europa schien überall und doch nirgends.

Zeit war vergangen. Dies aber war nicht das Wichtigste. Die letzten Splittergruppen wurden zerschlagen und verschwanden, auch wenn manche von ihnen vielleicht noch in tiefen Höhlen einen letzten Keim des Hasses am Leben erhielten. Die Kommandantin war tot. Sie hatte den Sinn der letzten Antworten mit sich genommen. Sie würden auf immer verschwunden bleiben. Es blieb das Warum.

Taio war mit den Zwillingen an dem windstillen und glatten Bergsee, unweit der Siedlung, wo er mit ihren Kindern lebte. Auch seine Mutter lebte hier und seine Schwestern Tamila und Selma, deren Mann Zeko leider erschossen wurde. Ebenso wie Jan, den er trotz seines Verrats vermisste. Taio arbeitete für die neuformierte panglobale Regierung und hatte ein gutes Leben. Er war angekommen. Von hier musste er nicht mehr abreisen. Er musste nicht mehr geboren werden, sondern lebte.

Der Junge und das Mädchen planschten am niedrigen Ufer und lachten. Taio beobachtete ihre Kinder, dachte an Mara und sein neues Leben. Den Raketenstart wollte er mit ihren Kindern beobachten. Mara war tot. Aber Taio und ihre Kinder lebten. Das war das einzige, was zählte. Der Rest war ein gemeinsames Werk, an dem sie alle arbeiteten. Nichts war wichtiger, als genau jetzt und in diesem Moment mit ihren Kindern am Bergsee zu sitzen und zu leben.

Weiße Cumuluswolken hüllten die steinige Spitze eines halbnahen Berges ein, der diese aber wieder in kleinere Haufen auseinander schnitt. Der Rest des Himmels war tiefblau, ganz nah und doch weit entfernt. Der Junge und das Mädchen lächelten ihren Vater an. Sie liefen auf ihn zu und umarmten ihn. Denn was war ein Vater schon? Taio trocknete seine Kinder ab, zog sie an und machte sich bereit. Es war Zeit.

Sie gingen einen schmalen Weg entlang, um den See herum, in dieser Landschaft, von tiefgrünem Gras bedeckt, mit granitgrauen Steinflächen gefleckt und dem Azurblau des Sees, in dem sich das Wolkenweiß des Himmels widerspiegelte. Die Kinder hüpften, rannten und fielen. Doch sie liefen nicht auf dem Kopf. Taio spielte mit ihnen. Immer weiter gingen sie, hinein in den Wald, über leicht befestigte Holzstufen hoch über das laubbedeckte und moosige, feucht atmende Erdreich des Waldbodens, umfangen vom Rascheln der Blätter. Im Ohr die Stimme des Waldes und die Stimmen der Kinder, ihre Schritte, das Atmen, Pulsieren und Rascheln und Kriechen. Und immer wieder Maras Bild.

Nach einer Weile kamen sie ans Ende des Hügels. Die Sonne leuchtete strahlend wie ein doppeltes sehendes und gesehenes Auge, das über sie wachte und sie am Leben hielt. Unten lag das Meer. Die Gischt schlug an den Strand. Der Horizont war eine Linie, die keinen Anfang und kein Ende hatte. Fröhlich ging Taio mit den Zwillingen den Weg hinab, der bald weniger steil und steinig war und immer sandiger wurde. Über Dünen stiegen sie. Die Kinder ließen sich herunterrollen, hüpften in den Strandroggen, wo gerade ein kleiner Wombat knabberte und Taio hatte keine Angst.

Endlich kamen sie ans Meer. Der breite Sandstrand war hell und weich. In der Weite konnte man ein Fischerboot sehen, noch weiter ein weiteres Schiff, dicht und schwerfällig. Das Meer lag ruhig und war doch in ständiger Bewegung. Die Kinder sprangen ans Wasser und spielten mit dem nassen Sand. Taio war etwas erschöpft und sah einen Mann auf einer Bank, der dort mit einem kleinen Jungen saß. Der Mann war dick und alt. Er hatte einen kurzen grauen Vollbart und eine Seemannsmütze über dem Kopf. Der kleine Junge neben ihm drückte sich eng an den Bauch des Mannes und dieser hatte seinen Arm fürsorglich um den kleinen Jungen gelegt. Der kleine Junge hatte ebenfalls eine dicke Seemannsmütze über dem Kopf und das einzige, das Taio sah, waren die großen leuchtenden Augen des Jungen, der wohl an der Seite seines Großvaters saß und mit ihm das Meer beobachtete.

Taio ging zur Bank und setzte sich ebenfalls. Der Mann nickte ihm freundlich zu und der kleine Junge schaute ihn neugierig mit seinen großen Augen an, aber nur ganz kurz, bevor er wieder seinen Blick auf das Meer richtete. Taios und Maras Kinder lachten und tobten am Ufer. Sie hatten eine kleine Burg gebaut, mit einer Befestigungsanlage und spielten. Sie rollten sich im Sand, liefen ihren Fußabdrücken hinterher, die schnell wieder vom Meer hinfort genommen wurden und legten sich in den Saum des Meeres.

Nach einer Weile wurde das Meer unruhig. Es war Zeit. Die Wolken verdunkelten den Himmel. Taio rief nach den Kindern, die endlich zu ihm kamen. Sie setzten sich ebenfalls auf die Bank und fanden alle Platz. Taio nahm ihre und seine Kinder ebenfalls in den Arm, wie der Großvater seinen kleinen Enkel und alle fünf sahen nun auf das Meer, das zu vibrieren begann und brodelte. Gleich würde es geschehen. Es war Zeit. Er hoffte, dass Ismail es schaffte. Auch wenn Taio nie erfahren würde, woher er kam, was seine eigene Geschichte eigentlich war, so fühlte er sich doch verantwortlich. Und Verantwortung musste er übernehmen. Denn zumindest wusste er, wohin er ging. Er war auch seine Geschichte.

Weit draußen schien das Meer zu kochen. Die Brandung wurde langsam stärker. Mit einer orkanhaften Böe entstieg die Rakete aus dem Wasser, ließ das Meer aufbrechen, Wellen schlagen, hin zu den Schiffen, mit der Frage, ob diese dem Druck standhalten konnten, die Frage abweisend, da es trotz allem getan werden musste, selbst die Springflut, eine kunstvolle Fontäne die gleichsam aus dem Wasser emporschoss und aus deren Mitte die Rakete emporstieg, mit einem Feuerschweif aus dem Meer kommend, nun die Wasseroberfläche mit Rauchwolken überdeckend, das Shuttle an der Rakete festklebend, immer höher, weg vom Horizont, hinein in den weit entfernten und doch so nahen Himmel, immer höher steigend, und trotzdem lange sichtbar bleibend, wenn auch immer kleiner werdend, bis sie endlich in der Dunkelheit verschwand, zu neuen Ufern, im Kosmos, frei, das Meer, das Meer, immer wieder ans Meer, nach Hause, egal wohin, überall, nur frei.